河出文庫
古典新訳コレクション

義経千本桜

いしいしんじ 訳

河出書房新社

目次

義経千本桜

第一

院の御所の段

忠は「忠」、「信」こそ信。

その昔、越《えつ》の王、勾践《こうせん》に本懐を遂げさせた陶朱公《とうしゅこう》は、功名をあげたのち身をひきました。五湖をひと葉の波の上、美女の西施《せいし》をともない旅していった、そんな、陶朱公のような忠臣が、唐《もろこし》のみならず、ここ、やまとの国にもおりました。

天下はようやく、穏やかにおさまっています。寿永《じゅえい》から元暦《げんりゃく》へと、年号もあらたまり、あけはなした垣根のそこかしこに、空木《うつぎ》の白い花。巷《ちまた》でも、いまはみな、源氏の色の白旗。武威はますます増すばかり。

八十一代安徳《あんとく》天皇が、屋島《やしま》の波にお沈みになってから、後白河《ごしらかわ》の法皇が、政務をすべて、取りしきっておられます。側近の公卿《くぎょう》は、左大臣、左大将をも兼ねた、藤原朝《ふじわらのとも》方、法皇のお気に入りなのをよいことに、おのれにへつらうものに、官位昇進申しくだし、えこひいき沙汰《ざた》ばかり。廷臣たちはいかんともできず、法皇の思し召《おぼめ》しに背いては、と、それぞれ舌をまいたまま。

ここは御所。

書記を務めるふたりの大内記《だいないき》が、硯《すずり》を前に、列なしすわっている。警護の武士に案《あ》内《ない》させ、源氏の大将、源九郎判官義経《げんくろうほうがんよしつね》が、後白河院のもとに参上する、その装いは、五位の狩衣《かりぎぬ》、善をつくし美をつくし、派手をつくした太刀かざり。おともについた三国一、西塔《さいとう》住まいの、武蔵坊弁慶《むさしぼうべんけい》のいでたちは、大紋の袖立烏帽子《えぼし》をつけ、宮中とあって、僧衣をはばかるその様は、いかにも大仰《おおぎょう》にうつります。

大内記が、

「源氏の武士ども、まいりました」

と申し上げると、左大将、藤原朝方は、

「おう、義経。このたびの屋島の合戦の様子、法皇はまだ、くわしゅうご存じでおられん。安徳帝の入水《じゅすい》、平氏一門の最期と、宮中の記録にも残さねばならん。申し上げよ」

義経は、

「はっ」

ところえると、

「では、申し上げます。このたびの戦《いくさ》で、平家方は千騎ばかり、屋島の磯《いそ》に陣を張っておりました。こちらは四百騎あまりですから、まともに当たって、勝ち目なんてありません。で、相手の意表をついて、いっせいにワアワア、鬨《とき》の声《こえ》をあげますと、あわてふためいた平家のさむらいどもは、舟に飛び乗り、沖合へ、安徳帝をお連れし、逃げ出していきました」

「つづけて城に火を放ってやりますと、まぶしくって目もさめたんでしょう。大将の、平能登守教経《たいらののとのかみのりつね》が、小舟に乗り移るや、どえらい弓の力をふるい、つぎからつぎへと矢を射てきました。その矢の一本が、わたしの馬前に立ちふさがる、佐藤三郎次信《さとうさぶろうつぎのぶ》のあばらに命中。どっ、と馬から落ちます。その首取ろうと、相手方の菊王丸《きくおうまる》が、舟から磯辺にあがろうとするや、次信の弟、佐藤四郎忠信《さとうしろうただのぶ》が、矢を射かえして倒しました。敵も味方も、得がたいさむらいを討たれた供養のため、その日の軍勢は、たがいにさっと退《ひ》きました」

「翌朝、敵がかかげた扇を、弓の名手、那須与一宗高《なすのよいちむねたか》が射落としました。源氏の箕尾谷《みおのや》と、平景清《たいらのかげきよ》とのしころの引き合いは、敵味方なく、感じ入り、ほめたたえる戦いぶりでした」

「結局、勝ったのはわがほう、源氏です。平家方はどんどん兵を失い、能登守教経は、安芸太郎《あきのたろう》と次郎の兄弟ふたり、左右の脇《わき》にひっ挟み、屋島の海へ、がっばあーん、と飛びこみました。この入水をきっかけに、平教盛《のりもり》、同じく経盛《つねもり》、資盛《すけもり》に有盛《ありもり》、行盛《ゆきもり》なども、われもわれもと、次々に海中へ身を投げます。新中納言知盛《しんちゅうなごんとももり》も、帝《みかど》の御船《みふね》のおともにと、みずから水へ、ざんぶとはいります。よもや、安徳帝のお身には、なにもあるまい、みながそう、たかをくくっていた油断の隙《すき》に、二位《にい》の尼《あま》が帝をお連れし、海中へはいられた……と、そのように噂《うわさ》だけはたちましたが、御遺体がどちらへ流れていかれたのか、誰にもわかっておりません。女院さまだけはご無事です。生け捕った輩《ともがら》については、先だって紙一枚に名をしたため、ご覧いただけるよう用意してあります。いちいち申し上げるには及びません」

事細かに上申するその弁舌を、大内記はそのまま、宮中の記録に書きとめていきます。

藤原朝方は、苦り切った表情で、

「それほどの功あるおぬしが、頼朝《よりとも》に対面もかなわず、腰越《こしごえ》から追っかえされたと。そのわけをいうてみい。きいてやろう」

きくなり弁慶が進み出、

「わが君からみれば兄上でしょうが、蒲《かば》の冠者《かんじゃ》、源範頼《みなもとののりより》公は、ぬぅるいお生まれや。手柄のなさに、義経公にはけちばかりつけ、その上、あっちの手柄にしようがため、雑多な従者どもが讒言《ざんげん》ばかり。それを鎌倉どのは、気づかれもせえへん、詮議《せんぎ》もなしで……」

いい終わらせもせず義経が、

「やい、だまれ弁慶。たとえ讒者《ざんしゃ》のせいであろうが、兄の命に申し開きもできず、腰越からすごすご帰ってきおったのは、弟の義経でさえあのとおり、と世間から、みせしめかといわれよう。それを、是も非もわからん粗忽《そこつ》の雑言《ぞうごん》。ひっこんでろ」

と戒めの台詞《せりふ》を聞いた朝方、義経をみおろし、

「ほほう、神妙じゃな義経。戦の様子を法皇に申し上げてくる。おまえのことは、よろしゅう計らっておいてやろう」

と、うわべは白々しいとりもち顔。寝ている鳥は刺し殺してやるか、そんな魂胆で、大内記を引き連れ、ねっとりねっとり、法皇のいます御殿の、奥の間へとはいっていきます。

と、蔀戸《しとみど》の陰から左大将朝方の家司《けいし》、主人に劣らず、顔は人でもこころは獣の、そ

の名も猪熊大之進《いのくまだいのしん》が、

「これこれ、義経どの、油断じゃ、油断じゃぞ。戦が治まったとはいえ、平家の残党、三位《さんみ》の中将維盛《ちゅうじょうこれもり》の奥方、若葉《わかば》の内侍《ないし》を、なんでそのまま置いて、かたづけてしまわれん」

「ほほう、何事かと思ったら、女こどものことか。何万人いようが、天下の害になるもんじゃあない。もうかたはついてるよ」

「むう、かたづいとるとは！ そんな次第なら、こっちも勝手にさせてもらうぞ。わが主人、朝方公がじつは、若葉の内侍にご執心でな……」

みなまでいわせず弁慶が、

「あかん、あかんぞ！ 鎌倉どののお指図あっての縁組みならともかく、平家方のおなごを家に引き入れるなんぞ、敵も味方もあらへん。ならんこっちゃ！」

といい放てば、

「なに、しゃらくさい、黙れ黙れ。そういう義経どのこそ、平大納言時忠《へいだいなごんときただ》の婿《むこ》ではないか。なぁるほど、それでわかった。若葉の内侍とも、ちっちっちっ、乳繰《ちちく》ったな」

「なんやと、ちっちっちっ？ わが君を、ようも雀《すずめ》みたいにぬかしよったな。こっちが鳥なら、おのれは蝿《はえ》やろ。ぶんぶんぬかさず、すっこんどれ！」

引っつかんでちょいと放る。ドッサリ！

「アイタタタ」

「おい、武蔵坊」

と義経が、

「しっ、荒立てるな！　ひかえろ、さがっておれ」

そう制する折から、御座の間の御簾《みす》を巻きあげ、左大将朝方が、あやしげな箱を引き抱え、ゆったりゆったり、もったいぶった歩調であらわれました。

「おい義経、ありがたくうけたまわれ。桓武《かんむ》天皇の雨乞《あまご》いの時から、宮中の奥に留め置く『初音《はつね》』の鼓《つづみ》。かねてから、おまえが望んでおるとお聞きあそばされ、このたびの恩賞として、院宣《いんぜん》にお添えくださったぞ。拝見せい」

と差しだす。

義経は、はっ、と頭をさげ、

「雨乞い用のこの鼓、戦の折に使えるな、とおもっておりました。物の数にもはいらないこんな身に、もったいない願いなのに。ああ、ありがたい」

箱をおし戴《いただ》き、

「添えられた院宣とは、さあて、どんな勅命《ちょくめい》か。拝見しよう」

蓋《ふた》を開いてみると、なかにはただ、鼓がひとつ、あるばかり。

朝方は、

「ホホウ、院宣というてなにもない。その鼓がつまり院宣。総じて、ふたつあるものは陰と陽にわかれ、兄と弟にもかたどられる。鼓の裏皮、表皮も、同じ太鼓の乳袋にかけあわされた、兄弟にちがいない。裏は義経、表は頼朝、そうなぞらえて、この鼓をうて、というのがつまりこの院宣じゃな」

ききおわりもしないうち、義経が、

「つまり、兄の頼朝、この義経、うちやわらぎ、仲良く朝廷をおまもりするように、との詔《みことのり》でしょうね」

「いや、そうでないそうでない」

と朝方。

「法皇への忠勤ぬきんでておるおまえを、罪ありと追いかえした頼朝は、法皇さまおんみずからにとっても敵方、そういうおつもりだな。つまり、兄頼朝を『うて』とある、追討の院宣だ」

理を押しまげて兄弟のなかを、同士討ちさせてかたづけるたくらみ。義経はっと当惑顔で、しばらくうつむいていましたが、

「日頃の院宣とは、ずいぶんちがった勅命ですね。たとえ、そのお考えにそむくことになったとしても、兄を討つだなんて、考えもできません。兄頼朝がもし、なにかやらかしたとしたら、この義経も、同じ刑罰に処せられるのが弟の道。そもそも、この初音の鼓を拝領しなければ、そんなような院宣、はじめっから、きいてないのと同じですよね」

と箱を戻せば、朝方はいよいよしたり顔で、

「天子のことばは、戻らぬ汗と同じじゃ。勅命にそむけば、義経、おまえ自身が朝敵となる。そのことは、わかっとるのか！」

すべての事情をむりやりに、非道に曲げるたくらみと知りつつも、勅命、という響きにはやはり弱く、義経もただ、

「ははっ！」

とこたえるばかり。

たまりかね、武蔵坊がずずっと出て、

「なああ、左大将とやら。王様といえば天下の鑑《かがみ》。その王様が無理いいだしたら、この天下じゅう、みな、いちどきに、無理いいだしよるぞ。それにな、もし法皇さまが、無理通そうとしはるんやったら、そばにいてる、あんたら公家らの手ぇで、なん

でとめへん。おい、どんな大敵にもへいちゃらのうちのおん大将を、ただのひとことで、ようもやりこめよったな。いわれっぱなしの負けっぱなしで、こっちの腹の虫が、おとなしゅう治まるぅおもうか？　さあ、とっととあやまったらんかい！」

腹立つままの傍若無人《ぼうじやくぶじん》に、義経、はったとにらみつけ、

「ひかえろ弁慶！　高位高官への悪口《あっこう》、最前よりの無礼の段、言語道断！　さっさと出てけ！　今後、目通りも許さん！」

おもいもしない叱咤《しった》に弁慶は、せんかたなく、立つにたたれず、ただひたすらに縮こまる。いい気味、とほくそ笑む猪熊に目もくれず、義経は、朝方にむきなおると、

「日頃の望みが、かえって仇《あだ》になってしまいました。鼓を申しうけなければ法皇にそむく。申しうければ兄に敵対する。ふたつの命《めい》にそむかぬ了簡《りょうけん》。うて、とある院宣のこの鼓、たとえ拝領したとして、うちさえしなければ、義経の身に、まちがいがおこることはないでしょう。鼓は、つつしんで、頂戴いたします」

と、鼓の箱をとってひきさがる。その手のなかに、朝方の悪だくみをなす、縦横の糸をすべて含みおいて。実に名高い大将と、後世からも仰がれる、篤《あつ》く、強く、やさしげなその姿。一度にひらく千本の桜に、永く、栄えあれ君が代や。

北嵯峨《きたさが》庵室《あんしつ》の段

蘭省《らんしょう》の花の盛んな頃、後宮で、錦《にしき》の帳《とばり》のなかにかしずかれてきた、小松《こまつ》の三位《さんみ》、平《たいら》維盛《のこれもり》公の奥方、若葉《わかば》の内侍《ないし》は、平家が都から落ち延びていって以降、いまは若君六《ろく》代《だい》と、中国蘆山《ろざん》を思わせる隠れ里、北嵯峨《きたさが》の草庵《そうあん》に、親子ともども身をしのばせております。慣れないわざも仏の行と、谷川の流れを水桶《みずおけ》に、主《あるじ》の尼と差し担ぎにし、庵《いおり》のうちへ、もどってくる。

「ありがとうございます、奥さま」

尼が申しあげます。

「わしが日がな、よろよろするのに同情され、荷《に》ぃの片棒、お手伝いくださって。それそれ、お肩が痛そうな。下々のするこの仕事、夢にもみられまへんかったでっしゃろ。お生まれ合わせがおいたわしい。あれ、どないしたやら六代さまが、あないににこ笑《わろ》てて。よう、お留守番、しやはりましたなあ」

と、愛想よくふるまうのに、奥方は表情を曇《くも》らせ、

「知ってのとおり、維盛さまが一門もろとも、安徳《あんとく》天皇おしいただき、都から退いたそのときから、この庵に、親子ともども、ながなが世話になるのも、あなたが昔お館《やかた》

に、奉公しやった少々のゆかり。維盛さまも西海の戦に沈み、果てられたとも、まだ生きておられるとも、さまざまな噂《うわさ》のあるようだけど、わたくしは、都を出立されたその日を、ご命日と思っています。ことに今日は、舅《しゅうと》の重盛《しげもり》さまのご命日でもあるし、心ばかりの香花《こうげ》をとって、おそなえの水もそろえようと、手づから水をくみました。とりわけ今月はお祥月《しょうつき》。昔のしかたで回向《えこう》して、仏様へ、せめての追善」

狭布細布《きょうのほそぬの》をつけた、着物の身ごろは下賤《げせん》風。小袖《こそで》を脱ぎ捨てると、そこに、卯《う》の花《はな》色をした二《ふた》つ衿《えり》があらわれます。数々の憂いは、十二単《じゅうにひとえ》の薄紅梅。袴《はかま》の緋色《ひいろ》は、うちにこめたこころの色。そうして内侍は、宮仕えのころの、晴れの絹ごろもを身につけると、蒔絵《まきえ》をほどこした手箱から、重盛公の絵姿をとりだし、仏間にさらりとかけて手を合わせ、

「小松の内府浄蓮大居士《だいふじようれんだいこじ》、成仏、菩提《ぼだい》」

と祈りをささげてから、

「これ六代、あなたにとってはおじいさま。おさないとはいっても、平家の跡継ぎ、手を合わせてよう拝みなさい。とくにこの絵のお姿は、親子といってもほんとうに、維盛さまに生きうつし。重盛さまがいまも生きていらっしゃったなら、平家がまさか、滅びることなどなかったろうに。孫子《まごこ》たちにも、よかったろうに。ねえ、あなたさま

がおられぬばっかりに、こんな憂き目をみるんですよ」

絵姿にむかって、そこに相手がいるかのように訴え訴え、かっぱと伏せてお泣きになる。

そのとき表にくる足音を、ちゃっと心得、主の尼が枕屏風《まくらびょうぶ》を引きまわし、ふたりのお姿をかくしたそのとたん、扉を引きあけ、男がずっとはいってきます。

「おい、庄屋さまんとこへ、判子もっていけ」

「はあ?」

と尼。

「合点いかへんな。いままでは一年に一度、宗旨改めのとき以外、判もなんもいらん、ひとり尼や。ことにあんたも、毎月銭とりにくる、お使いとちゃう。どういうこっちゃ」

「そんならゆうてやろ。へっへっへ、ここらのことかどうか、わしはしらへんがな、北嵯峨の庵で、数珠《じゅず》を繰ってくらすはつけたりで、表向きは、仏さんとみせかけて、うちにはいれば、こぎれいな娘っこを、ひきだしてくるとこがあるんやとか。もと御所奉公、もと尼、もと妾なんぞに、大海《たいかい》やら小海やら名をつけて、ひと屏風いくらと勘定とって、仏前に線香をたてて、いかがわしい商いするらしいの。それっちゅうのも、祇王《ぎおう》、祇女《ぎじょ》、仏御前《ほとけごぜん》やらいう白拍子《しらびょうし》の遊女どもが、尼になりすまし、この嵯峨にいてるがゆえ、ところの空気がみだらになった、それで、人別の判を出せというのや。どれ、この庵にもそのような、じだらくはおらへんかな」

「なにをいいよる、仏さまはなんでもおみとおし。そんなしょうもないこと、この尼がなんでやるか。きくだけでけがれるわい、去《い》んでしまえ！」

「おう、去ぬわい。はよう判子もっていけよ」

男はそういうと、じろりじろり、家内《やうち》をみまわし帰っていく。

気詰まりだろうと主の尼、枕屛風を押しのけて、

「いまのん、おききなされたか。こころおぼえのないことばかり、そんでまあ気味わるい、家じゅうやたらとみまわして。あっ、しもた！　いまのやつめに奥さまの、お草履《ぞうり》一足ちょろまかされた。ええい、盗人《ぬすびと》やった！　気ぃつかん間にとられた！」

といえば、若葉の内侍も涙ぐみ、

「世間から隠れる身の上はなにかと心配事ばかり。ほんとうに情けない親子の身分」

と嘆いておりますいっぽうで、庵の外では春めく物売りの声が、

「すげ笠《がさ》あ、加賀笠《かが》あ」

ゆっさゆさと荷を担いで、

「笠はいりませんかあ」

戸口から覗《のぞ》きこむのを、

「とんでもない」

と尼はしかりつけ、

「尼のうちに、すげ笠がなんでいる。うさんくさいの」

「いいえ、ご心配なく、わたくしです」

笠を脱いではいってきたそのひとは、清盛《きよもり》公の側近の息子、小金吾《こきんご》武里《たけさと》。内侍は飛び立たんばかりの声で、

「このところ、便りもなく、どうしているかと気をもんでいた。さあ、ここへ、ここへ」

「みだいさまも、お元気そうでなによりです」

小金吾は手をつき、

「若君もご機嫌なお顔、わたくしもほっとしております。なるほど今日は先の御主人、重盛公のお祥月命日。ご装束をかえて、ご回向なさっておられたんですね」

仏間にむかって手を合わせたあと、

「重盛公がいらっしゃらないばかりに、ご一門はあのように……われわれもこんな目

に」

しばらく涙ぐんでいたが、

「仕送りのため思いついた笠売り、元服前の、世間知らずのこの小金吾にはしつけない商売、どうか察してくださいませ。ああ、まず維盛さまのご消息を申し上げなければ！　維盛さまは、いまだご存命でおられ、高野山《こうやさん》にはいっておられると、たしかな都の噂です。なんとかわたくしも、若君のお供して高野にのぼり、親御さまお子さまを、ご対面させたく、また、わたくし自身、もう一度、主君のお顔を拝見したく、それでこのように、旅の用意をすませてまいりました」

「なに！　高野とやらで、生きながらえていらっしゃる！」

若葉の内侍は夢見ているように、

「ああ、嬉《うれ》しい。ありがたい。若君ばかりといわず、ふもとまで、いっしょにつれていっておくれ、武里。女人禁制の山ですから」

喜びの涙にくれる姿に、尼は、

「おう、お嬉しいでしょう。わたしもお供したいけど、足手まといの年寄り尼。さあ、それなら日の高うならんうち、ちょっとでも早いほうが」

「おう、なるほど」

と小金吾。

「へんな邪魔のはいらぬうち、奥さま、若君さま、早々にご用意を。笠はわたくしの手のものを、そのままお役立てください」

みなで旅支度をととのえているところ、表のほうでひと立ち、足音。尼は心得、いつもどおり仏壇の下戸棚へ、内侍と若君の親子を押し入れる。間髪いれず朝方《ともかた》の家司《けいし》、猪熊大之進《いのくまだいのしん》が、家来引きつれ、柴《しば》の戸を踏み破り、どやどやとはいってくる。

「この庵に、維盛公の奥方、若葉の内侍と、息子の六代を、ふたりいっしょにかくまっておると注進があったゆえ、召し捕りにきた。どこに隠しておる。正直に白状せよ」

図星をつかれて主の尼は、はっと思ったけれど素知らぬ顔で、

「こりゃあまた無茶なことを。維盛公の奥方など、縁もゆかりもあらしまへん。かくまうわけおへん」

いったそばから小金吾が、

「そりゃあきっと庵のまちがい、ほかをお探しなさいませ」

猪熊はききもせず、

「若造がしゃらくさい指図、おまえはなにやつ」

「すげ笠売り」

「あきんどなら、とっとと帰れ」

と、家来にもたせた絹の緒の草履を取り出し、

「どうだ、いいわけできんよう、家来を使い走りに化けさせて、証拠としてとった草履。年寄り尼が、こんなちゃらついたもん履きはしまい。これでもいいのがれよるか。ええい、奥へつれゆき、責めさいなんで白状させせい」

猪熊は尼の小腕《こがいな》をぐっとねじあげ、

「それ家来ども、いたぶってやれ」

引っ立てて、ひと間の奥へはいっていきます。

小金吾は気が気でなく、なんとかしよう、と奥の間の隙《すき》をみて、奥方と若君を外へ出すと、すげ笠の荷の細引きひもをはずし、蓋《ふた》を押し開け、荷の底にふたりをお入れする。旅支度の風呂敷包み、重盛公の絵姿まで、とっては押し込み、さらに押し込み、大忙しのそのうちに、奥のひと間で尼を縛り上げた猪熊が出てきて、

「たぶん、風をくらって逃がしたもんだろう。すげ笠屋、知らんか」

「ああ、そうそう、そういや、この庵の裏伝いを、貴人の女が子を連れて、たったいま逃げていきました」

猪熊は目をぎらぎらさせ、

「そいつにちがいない。たかが女の足、追っかけてつかまえてやる。家来ふたりはここに残り、奥の尼をとりにがすな」

と、あとを追って走っていく。

してやったり、と小金吾が、心も急《せ》いて荷をうち担ぎ、出発しようとするのを、ふたりの家来が両側から、小金吾の担い棒をどっかと引いて動かそうとしません。

「なにをされる」

「あやしいやつ。荷の底からはみだしたのは女の着物」

「いやこれは、あつらえものの笠の内貼り」

「ぬけぬけとぬかすな！　奥方の親子にちがいない。ぶち割って調べる！」

そう立ちかかるふたりの肩骨をつかみ、小金吾が引きのける。

「調べさせんとは、このくせ者！」

すらりと抜刀し斬《き》りかかってくる。ひいてはよけ、ひいてはよけ、天秤棒《てんびんぼう》をふりあげ、左右両方へ叩《たた》きふせ、ふたりの急所を力任せに叩きのめす。家来どもは目鼻より血をふきあげ、のたうちまわって絶命しました。

敵の帰ってこないうちに、と荷を担ぎあげ、声はりあげて、

「すげ笠あ、加賀笠あ、かさあ、編み笠あ」

網をのがれ出立す。

堀川御所《ほりかわごしょ》の段

しずやかに、扇あつかい、静御前《しずかごぜん》が舞う。

花の立ち姿とはうってかわって、主従七騎、営の岡《たむろおか》で、馬の鼻をとってかえしてから、ふたたび武運がひらかれた、源　頼義《みなもとのよりよし》公の奥州《おうしゅう》攻め。義経《よしつね》公が戦い、勝ちをおさめた屋島《やしま》の戦い。世も静かに治まれり。

その舞いに、

「いやいや、すばらしい!」

戦の鬨《とき》の声《こえ》でなく、どっと歓声と賞賛の声で賑《にぎ》わう、ここは堀川二条《ほりかわにじょう》の邸宅。義経公の奥方、卿《きょう》の君《きみ》を元気づける宴《うたげ》がひらかれています。中央の御殿に卿の君、新殿に義経公。いっぽうの端を女中たちがとりまき、もう片方には駿河次郎《するがのじろう》、つづいて功をあげた亀井六郎《かめいのろくろう》、幕府方の大名家臣、外様の大名たちまで、舞いのことはよくわからないけれども、

「やんやんや、名人！　お上手！」

と、静御前をほめながら、義経公をこそたたえようという空気がありあり。

御殿から御殿への使いの女中、亀井の使者らが、義経公と卿の君の口上を、たがいにかわしあいます。

「いいもんだな」

「はい、おもしろいです」

「退屈じゃないかい」

「いいえ、よい気なぐさみですわ」

ご夫婦のあいだで礼儀上のしきたりがすんだあと、装束をあらためた静御前が、楽屋から広庇《ひろびさし》の外に進んでくる。駿河次郎、亀井六郎に会釈して、卿の君の前に向かって、

「お望みとあって、つたない舞いをお目にかけました。おはずかしゅう」

と述べたのに、卿の君が、

「いえいえ、はじめてみましたが、おもしろいこと。先だってよりずっと、お医者にかかっても気分が悪かったのに、わが君さまのおすすめで、今日はおもいがけない気なぐさみができた。あなたも、お疲れ様でした」

そうおっしゃると、静ははっと姿勢をただし、

「そのご機嫌に甘えまして、お願い申しあげたいことがございます。おききいただけないでしょうか」

いかめしい調子で申し上げる。

「なにをそんなこと。お願いなどとみずくさい。こっちに来て、話してちょうだい」

そうおっしゃるのに、なおさら恐れ入り、

「お願い、と申しますのは、ほかでもなく、気の毒な、武蔵坊弁慶《むさしぼうべんけい》どののこと。なにやらえらいしくじりしたようで、楽屋へきて、おとなげなくぼろぼろ泣いて、わたしをたよるんです。神経のかぼそいおひとらしく、あんまりかわいそうで。わが君さまのご機嫌がなおるよう、奥さまから、なんとかおことば添えいただけませんか。どうかどうか、お願いいたします」

申し上げると、奥方はおかしがり、義経公にも笑いかける。

駿河次郎は仏頂面で、

「いやはや、おはなしにもならん。おい六郎、きいたか。武蔵坊弁慶ともあろうものが、おなごを頼って詫《わ》びごとだと。楽屋へいって泣いただと」

「ああ、おおかたそうなんやろ。あやつと馬のおうた伊勢《いせ》や片岡《かたおか》、熊井《くまい》や鷲尾《わしのお》らはみ

な、戦がおさまってから、休みで、くにへ帰ってもうたしな。頼りにしとおる佐藤忠信《さとうただのぶ》は、母上が病気やいうて出羽《でわ》の国へ去《い》んだ。おぬしとわしとは、相手にせん。打ったり舞うたり、舞いから取りいっての詫びごとや。まあ、ちょいとこらしめてな、いっそのこと、坊主頭を奴頭《やっこあたま》にせえとでも、いうてみたらなおよかろ」

とおかしな内緒話。

卿の君は笑いながらも、

「どんなことでしくじったのやら。かわいそうだけれど、おかしな取りなしだこと」

そうおっしゃるのに、義経公は、

「先だっての参内《さんだい》の折、禁庭でのわがまま、左大臣朝方《ともかた》公への悪口《あっこう》、またその家来を踏みつけた上、投げすてよった。その場で強くしかりつけ、目通りは許さんといいつけたが、そのことだろうな。人食い馬みたいなもんだからな、あいつは。手綱をゆるめると、公家《くげ》だろうが武士だろうが関係なしにかみつきやがる。めんどうなしゃちほこ坊主め、もうしばらくのあいだ、こらしめておくさ」

ご上意をきき、駿河次郎は図に乗って、

「だいたい、あの七つ道具が大邪魔だ。源氏には、坊主の大工がいるとお家の名折れ。あれもすぐさまやめるよう、仰せつけられてくださいませ」

と申し上げるのに、亀井六郎も、

「いや、七つ道具は、普請やなんかのときまだ役にもたとうが、難儀なんはあの大長《おおなぎ》刀《なた》やろ。柄が四尺、刃も四尺、都合八尺のもん振り回すよって、そばにいてるもんの鼻がたまらんわい。太平の世には役にたたん人間や。とにかく当分はおしこめといたほうがよかろ」

と、好き勝手なことをいいあいます。

奥方がおかしがりつつ、

「そんなふうにそしるのをきけばまた怒るでしょう。ともどもお詫びを」

ととりなすのに、義経公も、

「まったく、しょうこりのない坊主だ！　いいか、二度と短気をおこさんように、きっと意見しておくようにな。静からもたのむぞ！」

と座を立ち、駿河、亀井を引きつれて奥の間へはいっていく。

静はうれしく、

「さあ、はよ武蔵坊を呼びましょ」

と女中を走らせ、

「奥さまのおことば添えのおかげです。ありがとうぞんじます」

と挨拶《あいさつ》すれば、卿の君も、

「いやいや、あなたのお願いあってですよ」

お互いおじぎする。恋をめぐる悋気《りんき》も嫉妬《しっと》もなく、角が取れた円満ぶり。そこへ、まん丸頭の武蔵坊が、腰元、女中らに引っ立てられ、こわい、こわいと、七尺のからだを三尺八、九寸にちぢめ、四尺以上の大太刀をずるずる引きずって這《は》い出《で》てきます。

腰元たちが口々に、

「なんてまあ意地っ張りな坊さんや。ほらごらん、後ずさってばかりおられる」

とささやきあう声に、

「こらこら、そんなように悪うはいわんもんやで。弱みにつけこんで、ひどい女どもめ。いつか報いがありますど」

と見回す弁慶の目玉に、

「まあだ、にらんではるわ」

「ほら、細目や、細目やで」

と顔をしかめ、身をちぢめる。

静は武蔵坊の手をとり、御前へと連れていくと、

「もう、勘弁なされてくださいませ」

と半分笑いながらの取りなしに、卿の君はしとやかに、

「主君が船としたらね、家臣は水よ。波がさわぐと、自分たちで君のお船をひっくりかえしちゃうでしょう。家来だから、とか、言い訳はできませんよ。きっと乱暴はやめて、ね、おとなしくふるまうようになさい」

こどもに教え諭すような口調に、弁慶はただ、

「あい……あい……」

手をもみ、謝りつづけるばかり。

そんなところへ斥候《せっこう》の役人、篠原藤内《しのはらとうない》が慌ただしく参上。

「本日、大津《おおつ》は坂本《さかもと》あたりを見回っておったところ、鎌倉の武士たちが、こっそり都にはいりこんでいるようです。なかでも、土佐坊正尊《とさぼうしょうぞん》、海野太郎行永《うんのたろうゆきなが》らが、熊野詣《くまのもうで》といつわって、わが君の討手《うって》にむかっておるともっぱらの評判。さらに、ただいま、鎌倉方の大老川越太郎重頼《かわごえたろうしげより》さまが、わが君にじかにお目にかかりたいと、次の間にひかえております。いかがいたしましょうか」

とおたずねするのに、卿の君が、

「どういうことでしょう。川越太郎は、わたくしと深い縁のあるひと。土佐坊と海野との討手の様子を、知らせにきてくれたのかもしれない。なんにせよ、縁あるひとで

す、さしつかえありませんから、お通ししなさい。わが君にもそう申し上げましょう。ついでに武蔵坊もお目見えなさい」

と座を立ちますと、武蔵坊、

「討手とは、よしよし、おれの出番。ありがたい。土佐坊でも海野でも、たったひと呑《の》み、ひとつかみ、首、引っこ抜いてきたる！」

駆けだすところを静が押しとどめ、

「それそれ、それがもう悪い！　わが君のおつもりもきかず、しゃあない坊さまね！」

とむりやりひったて、奥方といっしょに、義経公のいらっしゃる奥のお部屋へ急いではいっていきます。

まもなくはいってきた武士は、鎌倉幕府の重職、川越太郎重頼。大紋烏帽子《えぼし》姿もさわやかに、年も五十の分別ざかり。広庇の下にはいってきますと、主《あるじ》の義経公が装束をあらためて、しずしずとあらわれます。

「やあ、ひさしぶりだな重頼。兄頼朝《よりとも》に変わりはないか。大名や役人たちも元気か」

とおっしゃるのにはっと頭をさげ、

「まずはお元気なおからだを拝見し、おそれいりましてございます。右大将頼朝公も安寧にお過ごしで、諸大名も、毎日の出勤、ご安心くださいませ」

そう申し上げると、義経公は、

「で、おまえは、海野や土佐坊と、おんなじ役目で京にきたんだろう。ほかに用事があるのか」

重頼は、

「それでしたら。頼朝公が、ご不審を三カ条おもちです。いちいち申し上げますが、ご返答によっては、わたくしも海野や土佐坊と同役となります。おそれいりますが、ことばの過ぎる点はお許しくださいませ。たずねますことに、詳しくおこたえいただきたく」

そう申し上げたのに、

「おもしろい。この義経に不審な点があるなら、兄頼朝のかわりになんでもいってみろ、たずねてみろ。申し開きするから。遠慮は無用だ」

仰せになおも平伏し、

「まことにありがたい幸せ。それならばいっそ、座をお改めくださいませ」

といって席を立ちますと、義経公は末席にさがり、川越を上座にすわらせます。

席が入れ替わると川越太郎、

「どうだ義経、平家の大軍をほろぼし、軍功をたてながら、腰越《こしごえ》から追い返されてくやしかったろう。それとも、そうでもなかったか」

義経ははっと袖《そで》をかき合わせ、

「兄に対する礼儀をおもえば、無念さなどありはしません」

「嘘《うそ》をつけ嘘を！　親兄《しんきょう》の礼を重んじるやつが、平家の首級のうち、新中納言知盛《しんちゅうなごんとももり》、三位《さんみ》の中将維盛《ちゅうじょうこれもり》、能登守教経《のとのかみのりつね》、この三人のにせものの首を、なんで偽って渡した……と、まあ、このとおりのご立腹ぶりです。さあ、おこたえを」

と川越がたずねたところ、

「ふん、わけは簡単さね。にせ首をほんもの、ほんものをにせと偽るのは、兵法の奥《おう》義《ぎ》だ。平家の栄華はおよそ二十四年、滅びうせても旧臣や家臣はあちこちへ分散し、ふたたび旗揚げのときを待っている。一門のなかでも、三位の中将維盛は、小松《こまつ》の長男で平家のあとつぎの上、親重盛《しげもり》の仁のこころにひかれ、恩義を感じているものは数え切れない。維盛がまだ生きていると知れたら、残党はこれをもり立て、きっと兵を挙げるだろう。また、新中納言知盛、能登守教経は、古今にきわだつしたたかものだ。大将の器量があると、招きに従い、はせ参じるものも多いだろう。そうなれば天下はおだやかでない。さいわい、三人とも入水《じゅすい》し討ち死にしたと、世間ではそういっている。一門残らず討ちとったと、にせ首を使って欺いたのは、いったん天下を鎮めるための、俺《おれ》の計略。といって、ほってはおけない大敵だから、熊井に鷲尾、伊勢、片岡ら、屈強なものどもを、休息といつわって国々に派遣し、知られぬ間に討ちとってしまおう、という算段だ。こんなふうに都に安住してみえて、こころはいまだ、戦場で戦っているのよ。兄の頼朝は、鎌倉山の星月夜と、諸大名らにかしずかれ、雪月花をもてあそんでおられる。同じ清和《せいわ》の末裔《まつえい》といえ、朝には禁庭で膝《ひざ》を屈し、夕べには源氏長久の策をめぐらす、情けないこの身さ。ゆっくり眠れるのは、さあて、いつになることやら！」

と表情を曇《くも》らせている。

道理にあっている、と重頼も思うものの、役目にのっとっての説破。

「むう、さてはそうした述懐あって、謀反《むほん》を思いたたれたか」

そういいおわりもしないうち、義経公はくわっとせきあげ、

「聞き捨てならん！　なんのつもりだ！　この俺が謀反とは！」

そう気色を変えてもまったくひるまず、

「あなたは、鎌倉方を滅ぼそうと院宣《いんぜん》を乞《こ》いねがい、初音《はつね》の鼓《つづみ》を戴《いただ》くのに、裏皮は義経、表皮は頼朝を『うて』なる声として頂戴したと、左大臣朝方《ともかた》公から、急ぎの知ら

せがきておる」

きいて義経、

「なるほど、朝方の讒言《ざんげん》か。その鼓のことは、たしかに俺は、かねてから望んでいたよ。拝領したあのときの、謀反めいた院宣は、朝方のはかりごとだと、むろんわかってはいたが、院中からくだされる恩賜の品、請け収めなければ、帝《みかど》の命にそむくことになる。とはいえ、そのとおり受けとってしまっては、兄頼朝への孝心がたたない。こころから望んだ鼓ではあるけれど、うってしまえば鼓から、その声がひびいてしまう。だから、ほら、あのように床《とこ》に飾って眺めているばかりさ。神も仏もご照覧あれ。打ちもしないし、触ってもいないよ」

そうおっしゃるのに、川越は、

「はっ！」「はっ！」「はっ！」

と三拝し、

「そのおことば、なにも疑いはございません。お申し開きの二カ条、潔白と、はっきりわかりました。ただ、ひっかかるのはもう一カ条。奥方の卿の君は、平大納言時忠《へいだいなごんときただ》のご息女でしょう。平家方の女性と縁組みをされたそのわけは？」

「つまらんことを。兄頼朝だって、奥方政子《まさこ》は北条《ほうじょう》のご息女だ。時政《ときまさ》は、平家じゃあなかったかい」

「いやそれは、頼朝公が、伊豆《いず》の伊東《いとう》にいらっしゃる折、北条一族を味方につけようとする計略のご縁組み」

「なにいいやがる！　卿の君は、もともと、あなたの娘じゃあないか！　養女にもらいうけ、育てたのは時忠公かもしれないが、血を分けた肉親といやあ、あなた本人だろうが！　こんな明々白々のことを、なんで鎌倉で、証言してくれなかった？　俺の縁者にみられては、身が危ない、と思って隠し通したか。ずいぶん卑怯《ひきよう》なこった！」

それをきいて、川越太郎はどっかと居直り、

「ああ、情けないわい、義経さま。清和天皇の末裔、九郎義経を婿《むこ》にもったのは、日本一の舅《しゆうと》、というてもよかろう。五十過ぎのこの川越が、名を惜しんで禄《ろく》をむさぼるものか！　いいか、いま肉親だと明かしてしもうたら、あなたさまのためにする、わしの証言のすべて、縁者だから、で片付けられてしまうはず。それゆえ、鎌倉ではずっと、親子の縁を明かさずにいたのじゃ。いくらわしが、陰に日向《ひなた》に進言しようが、頼朝公の耳に、讒者《ざんしや》の舌は強く働いておる。この、平家との縁組み問題は、智者といわれた秩父《ちちぶ》の畠山《はたけやま》さえ、いまだなんとも説得の手立てがない。いまになって、ありゃじつは、川越の娘でございますというて、納得してもらえるものか。ずいぶん卑怯、

だと？　そうぬかす心根こそ情けないわい。この皺腹《しわばら》だけが冥途《めいど》の土産《みやげ》じゃ！」

と、脇差《わきざ》しすばやく抜きはなつ。

「ああ、これ、待って！」

と卿の君が駆け出て、手にすがりつき、

「そのお申しひらきは、わたくしがこの身で」

と刃物もぎとり、喉《のど》へぐいと突き立て、どっと倒れ伏す。

「これは！」

驚く義経公、静御前も駆け出て抱き起こし、

「薬！　水を！」

とうろたえるばかり、涙よりほかにことばなし。

川越は見向きもせずに、

「でかされた、時忠の娘！　そうでもされなければ、ご兄弟の和睦《わぼく》は無理なはなし。前もって呼びだした上、わしの手にかけようかとも思うたが、みずから最期をとげれば、なくなってのちも、永く、貞女、と呼ばれもしよう。それゆえわしはわざと、自害のふりをした。よくぞ、抜き身を奪いとった！　あっぱれ、けなげなおんなじゃ！」

とひとごとのように褒《ほ》めるも心は涙。

義経公は間近に身を寄せ、

「こうなるかもと思ったから、平家の縁を除こうと、わざと川越の血筋だと明かしたのに、その甲斐《かい》もない最期になってしまった。かわいそうに！　ひどい夫とおもってくれるな」

目からこぼれる涙の色。静御前ももろともに、あれこれとなく思いだし、泣き沈まれておられる。

手負いの卿の君は義経公を恋しげにうちながめ、うちながめ、

「さきほど君は、ひとつならず、ふたつまでも、筋のとおった申し開きをされました。残るひとつは平家との縁組み、そのとがは、みんなわたしがもってきたもの。恋い慕う身をお見捨てにならず、これまでは大きなおなさけを……。世につれないとはかないは……あすもわからぬひとの命、短くおわかれもうします。しずかどの、わがきみさまを、たいせつに……たのみますよ」

とせきあげて、わっとばかりに泣くと、

「さ、かわごえどの、平大納言時忠の、むすめの首、よりともさまへお目にかけて、ごきょうだい、なかなおりのなかだちを。それが、めいどへ、よいみやげ……」

と、首さしのばす心根を思いやるほど、川越太郎、胸にみちくる涙を飲みこみ、飲みこみ、そばに歩み寄る。

「場違いなたとえかもしれんがな、玄宗《げんそう》の后楊貴妃《きさきようきひ》は、馬嵬《ばがい》が原《はら》にて歌舒翰《かじょかん》に討たれ、それで天下のわずらいを払った。ご兄弟の確執は、万民の嘆きじゃ。その、清らかな最期も天下のため！　でかされたのう！　あっぱれ、あっぱれじゃ！　ほかならぬ、あかの他人のこのわしが、介錯《かいしゃく》してしんぜよう」

と、刀するりと抜きはなつ。

「ああ、その、あかの他人のお手をおかりする、これも深きごえん。もう、さいごです……どうか、ただひとことと、おっしゃってはくださいませんか……」

「……親子の名乗りはあの世でな、さらばだ！」

「……さようなら」

「さらば、さらばっ！」

と、首をうつかうたぬかの間に、川越は、卿の君の骸《からだ》を抱きとめ、もろともに、どっと倒れ伏す。その、しおれきった心情。

静御前も義経公も、嘆きに沈んでいらっしゃるその折から、耳を突き抜く鉦太鼓《かねたいこ》に合わせ、どおっ、と鬨の声があがります。

「どうしたの」

と静は仰天、義経公も驚き、

「さては海野、土佐坊めが攻めかけてきたか。亀井！　駿河！」

と仰せになるや、おっとり刀で両人が駆けでてゆくのを、

「待ちなさい」

と川越太郎は呼び止め、

「お申し開きをきくまでは、と留め置いたのに攻めかけてくるとは、あやつらも、讒者一味の輩《やから》とみえる。とはいえ両人とも、鎌倉どのの名代、もしまちがいがあっては、敵対するも同然。ただ早々に追いかえすか、遠矢でおどしつけて防がれよ。さもないと、たちまち義経公の禍根となりますぞ」

そういいふくめると両人は、

「たしかに」

「そのとおりだな」

とのみこんで、表をさして駆けでてゆく。

義経公も、川越の弁にうなずき、さらに気を配って、

「無分別の弁慶が心配だ。武蔵、武蔵！」

と呼ばわると、女中が出てき、

「武蔵どのはさっきからうなだれてらっしゃいましたが、鬨の声をきいたとたん、喜びいさんで飛んでいきましたよ」

「あいつ、やらかすぞ！ 静、追いかけてって止めろ！」

「はい！」

「矢先が危ない、それ、鎧《よろい》つけていけ！」

女中が鎧をもってくるその間に、長押《なげし》にかけた長刀をかいこみ、表へ走りだす女武者。堀川夜討ちの静のこの活躍は、のちの世に高く謳《うた》われることになります。

みなが案じているところ、亀井と駿河が駆けもどり、

「われらふたり、味方をおさえて、的当て用の矢をおどしに射させて、追い返そうとしておったんですが、あの馬鹿の武蔵坊が、ゲンノウ、大木槌《おおきづち》で敵を押しひしゃぎ、大ノコギリにて切り裂き、討手の大将、海野太郎を、てっぺんからつま先まで、叩《たた》き砕いてしまいました」

義経公が呆《あき》れていると、川越太郎は思わず声をあげて、

「ああ、やりよった、殺《や》ってしまいおった。討手の大将を討ちとったりしては、御兄弟の和睦など無理も大無理。ああ、かわいそうに！ 娘は、死んだ甲斐なき犬死に

か！　世の中まっくらじゃ！」

　悔し涙にくれるのを、義経公は、

「昔から、ひとを恨まず、というじゃないか。運の傾いたせいと思えば、俺には、恨みも悔いもないさ。武蔵の馬鹿をいいきっかけに、都をでていってしまえば、院宣には背かないし、兄頼朝の怒りも休まるんじゃないか。こう考えれば、つまるところ、卿の君は犬死にどころか、いろんな糧を俺たちに、たっぷり残してくれたんだよ」

　と涙。みな夢の世のはかない変転。

「俺も浮き世から離れて、街道の駅の、鈴の音きいて過ごすさ。亀井、駿河、ついてこい」

　と立たれるのを、川越太郎が悄然《しょうぜん》としながら、

「もうしばらく」

　ととどめ、床の間に飾ってあった鼓をもってくると、

「長いあいだ望んでおられた宝物を残していっては、あわてて取り落としていったと、あとあと嘲《あざけ》られましょう。院宣で『うて』だなどとは、触れるもけがらわしい、讒者のことばにすぎません。その『うつ』調べを、このわたくしが調律しなおし、ご兄弟の仲を、きっと再びお結びいたします。長路の旅に、おもちくだされ」

と、こころをこめて差し出す。

義経公は鼓を手にとり、

「親しき兄弟の縁を『うち』きられるのも運の尽きさ。どうか結びなおしてくれよ、川越」

そういうと、駿河と亀井をお供に、粛々と館を出てゆく、その心根のいたわしさ。見送るひとらも鎌倉へ、是非なく、泣く泣く帰ってゆく。この世は、ほかにどうしようもなく、ただ流れていきます。

直後、貝鉦《かいがね》、鬨の声で、館がぐらぐら大揺れに揺れる。海野太郎につづく獲物、と武蔵坊、土佐坊を追いかけまわし、相手が乗った馬の尻に乗りあげるや、ぼったて蹴っ立て、白砂の庭で、館を揺るがす突き鐘声、

「やあ、やあい、義経さま、どこでっかあ！　討手にやってきた、海野は粉々、土佐坊めは生け捕ったあります！　亀井ぃ、駿河ぁ、おおい、どこやあ！　武蔵の料理の食べ残し、味見してみいひんかあ！」

と呼ばわっても、館はひっそりと静まって、こたえるひともない不思議。

「不思議、不思議やの」

とみまわすうちに、関東一の土佐坊が、腰の上帯ひき切って、馬より飛びおり大音《だいおん》

声《じょう》。

「ものども、来い！」

と知らせるや、兵具のつわもの数百人、

「それ、討ちとれ」

と取り巻いてくる。武蔵坊も馬を一足飛びに、太刀も刀も鷲《わし》づかみ。熊鷹《くまたか》づかみの首の骨、握ると砕ける数万力。雨かあられか、つかんでは投げ、投げ飛ばす。隙《すき》をみて土佐坊、武蔵坊の腰のくびれにしっかと抱きつく。

武蔵坊は
「小僧め、味をやるわ。腰の療治でひねるかもむか、まあ、さすっとけぇ！」

ぶりぶりまわし、ドサリ！

尻餅《しりもち》ついてもひるまぬくせ者、四尺以上のだんびら刀で、討ってかかるのをひらりとかわし、ちゃあ、と切りつければ柄先でしゃんと受けとめ、武蔵坊、

「ほほほう、やるやる。腰をさすったそのかわり、首筋ひねってやるわ」

ばっしと跳ねて身をかわし、大太刀蹴落とし、土佐坊の首をつかんでぐいと引き寄せると、腰にひっつけ、

「義経さまぁ、おくさまぁ、かめいやぁい、するがやぁい」

引きずりまわり呼びまわり、尋ねまわってもひとびとの行き先がわからずに、

「さては、お屋敷から退かれたか。なんでや」

と、みずからのせいともわきまえず、つぶやくばかりの武蔵坊に、こたえるのはただ梢《こずえ》の烏《からす》ばかり。泣いて詫びる土佐坊を右へ左へ持ちなおし、

「だいたい、こいつが逃げまわり、手間とらせたせいで遅れた。よし、こいつの首の飛び先が、わが君さまの行き先。ええ占いや」

と、直平頭《ちよつぺいあたま》を頭巾《ずきん》ごと、すぽりと引っこ抜いて空に投げ、

「お、落っこったんは巽《たつみ》、東南のほうか。菟原《うばら》、大原《おおはら》のほうやあるまい。もともと牛若《わか》さまやし、丑《うし》のほうかもな。巳午《みんま》も、もしかぁ、吉野《よしの》も気になる。ここにいぬでも、酉《とり》でもない。ま、ほどなく追いつくやろ」

忠義のためとしたことも、いまとなっては見当ちがい、思いちがいの荒武者が、荒砂蹴たてる響きは、とうとう、どろどろどろ、踏みしめ踏みしめ踏み鳴らし、義経《ぎけい》のあとを寅《とら》の刻、風を起こして追ってゆく。

第二

伏見《ふしみ》稲荷《いなり》の段

吹く風につれて聞こえる鬨《とき》の声《こえ》、寒々しく、気配もすさまじい。

きのうは北門の守護の役、一転きょうは、都から落ちのびる身となりはてた九郎義《くろうよし》経《つね》、あまたの武士もちりぢりとなり、亀井六郎《かめいのろくろう》、駿河次郎《するがのじろう》と、主従三人大和路《やまとじ》へ、夜更けに急ぐ旅の空。

あと振りかえってみてみれば、堀川御所《ほりかわごしょ》も、あっというまに煙の雲。浮き世は夢の伏見《ふしみ》道。稲荷《いなり》の宮にさしかかるころ、遅れていた亀井六郎、ようやっと駆けつけ、

「あの鬨の声は、たしかに鎌倉勢。背中をみせるのも無念でならぬ。どうかお許しいただき、ひと合戦まいりましょうや」

と申し上げれば、

「いや待て、重清《しげきよ》。都でな、舅《しゅうと》の川越太郎《かわごえたろう》が伝えてくれた鎌倉どののいきどおりに、さっき俺《おれ》は、堂々と申し開きできた。卿《きょう》の君《きみ》のかわいそうな最期も、この俺の身の上の、潔白を晴らすためだった。だというのに、あの弁慶《べんけい》がはやまりやがって、海野太郎《うんのたろう》を殺したため、やむを得ず都を退くほかなくなったわけだが、それも、鎌倉どのへの、親兄《しんきょう》の礼を思うからだ。これから先、なおも鎌倉方に刃向かうつもりなら、主従の縁もこれきりだぜ」

その仰せに、亀井と駿河、ふたりも腕なでさすり、拳をにぎって控える折から、義経のあとを慕いこがれて静御前《しずかごぜん》、こけ、転がり、やってきて、それとみるなりすがりつき、

「薄情やないですか」

しばらく涙にむせんでいたが、

「武蔵《むさし》どのを止めるよう、わたしをつかわしてすぐ、早くも御殿をお退かれたときき、二里三里おくれようが、女の念力で追っついた。え、ようもようも、この静を捨て置いて！　お家来衆のおふたりも、ひどいね！　おねがいです、どうか、わたしもいっしょに行けるよう、おとりなしくださいませ！」

嘆くその声に、義経もまた、情けに弱るその心中。

見て取って駿河次郎、

「おう、義経さまも道すがら、噂《うわさ》しないではなかったがな、いく道筋は敵のなかだ。とりわけ、落ちのび先は多武《とう》の峰《みね》の十字坊、女の身を同道などして、寺のものらがどう思うかよ」

と、すかしなだめるまさにその時、武蔵坊弁慶、息を切らして馳《は》せ着《つ》き、

「いやいや、土佐坊《とさぼう》、海野のかたをつけてからと、都に残り、思いもよらず遅れましたわ」

いいおわらぬうち、大将の義経、扇をとってばっしばっし、加減もせずこの荒法師を、目鼻もわかたず叩《たた》きたて、

「この阿呆坊主《あほう》！　びくりとも動いてみろ！　この俺が手討ちにしてやる！」

と、激怒の顔色に、思いもかけなく武蔵坊、ははっと恐れ入ったものの、

「このあいだ院の御所にて、朝方《ともかた》さまに悪口《あっこう》浴びせたとしてご勘当。長く出仕もしまへんでしたが、静さまの詫《わ》びごとで、おゆるしもろたは昨日きょう。その勘当のぬくもりが、手の内にまだほのぼのと、冷めきれへんそのうちに、またぞろご機嫌そこのうたようですが、はて、この弁慶、なんぞ不調法したおぼえはおまへん」

「おぼえがない？　よくいえたもんだ！　鎌倉どのと義経と、兄弟の不和をとり結ぼ

うとする川越の義心、卿の君の最期を無駄にしやがって。俺を討とうとやってきた鎌倉勢を、おまえ、斬《き》りまくっただろうが！　どうだ、不手際がなかったなんて、まだいえるか？　さあこたえてみろ、泥坊主め！」

はったとにらんでたたみかけます。

武蔵はかえすことばなく、頭もあげずにいたものの、

「は、はばかりながら、そのことを、知らんわけではなかったですけど……土佐坊どもが、わが君の討手《うって》として、きよったのはあきらか。君の御意が、どれほど重かろうが、主君を狙う相手を、ただまじまじ、眺めてる家来などおりますやろか。そんなならこの日本の国に、忠義の武士は絶え果てましょう。まちがったならなんぼでも、お詫びはさせていただきます。けど、いくら家来というたかて、こりゃ、あんまりむごい叱《しか》りようや。これっちゅうのもわが君の都落ちからおこったこと。無念や、ああ、無念や！」

と拳を握り、泣くことのない弁慶が、足らぬ涙を流すのは、まさしく忠義のこころから。

静も武蔵の胸を察し、

「あれほどいいましたのんに」

そして君に頭をさげ、

「どうか、どうか、おゆるしを」

とやわらかな詫びごと。その尾について亀井も駿河も、

「お許しを」

「お許しを」

と詫びるうち、義経表情をやわらげ、

「母が病で故郷にかえった、佐藤四郎兵衛忠信《さとうしろうひょうえただのぶ》を、もし供に召し連れていれば、武蔵の詫びなどきかないんだがな。行く先々がぜんぶ敵、ひとりでも頼りになる家来が必要な時、今回は、許しておいてやる」

と仰《おつしや》るのに、弁慶はっとばかりに頭をさげ、みずから坊主頭をなでまわし、

「これに懲《こ》りるは武蔵坊。ああ、静さま、かさねがさねの詫びごと、えらい世話になりますな」

とよろこぶのを、

「まあ、お詫びがすんでよかったわ。じゃ、そのかわりに、武蔵どの、この静がお供できるよう、わが君へのおとりなし、たのみますよ」

と思い詰めた風情に、武蔵坊、

「エエ？　いま詫びごと頼んだからいうて、現金なこっちゃなあ。この弁慶、義理にでも、おうよ、と請けあいたいとこやが、ちょっと、そうはいきまへんな。御家来衆さえ、ちりぢりに分かれていくお忍びの旅や。その上、おちつきどころは、噂に聞くあの多武の峰。ここは、な、女人禁制でっせ。それに、ひとのこころは朝夕で変わりましょう。受け入れてくれる、十字坊の心中も、ほんまのとこはようわからしまへん。ここから、ひょっとして行き先を変え、山崎《やまざき》こえて、津《つ》の国《くに》、尼崎《あまがさき》、大物浦《だいもつのうら》よりお船に乗って、豊前《ぶぜん》の尾形《おがた》を頼ていくかもしらへん。そうならば長い船旅、なおさらお供はむつかしい。な、ふっつり思いきって都にとどまり、君のお便り、おとなしゅう待っときなはれ」

というのに静、わっと泣き出し、

「いままでおそばにいたときさえ、ほんのわずかの間お目にかかれへんだけで、身ぃも世もないこの静。いつまた逢《あ》えることやら、行方《ゆくえ》もしれん長の旅。あとに残って一日も、なんで待っていられましょう。どんなしんどい目におうてもかまへん、武蔵どの！　連れてってくださいませ！」

涙ながらにわが君に、ひっしと抱きつき、離れがたいその様子。

静の別れに義経公も、目をしばたたかせていたものの、

「たったいま、武蔵がいったとおりだよ。行方も定まらんこの旅。おまえは都に残って、この俺の、迎えの船を待っててくれ。おい、それをこちらへ」

亀井に持たせた錦《にしき》の袋を手に取り、

「これこそ長年、俺の望んだ初音《はつね》の鼓《つづみ》だ。このたび法皇より拝領し、手には入れながら、一度だって打つことはできなかった。兄頼朝《よりとも》を『うて』という、院宣《いんぜん》だなどといわれちゃあな。打たなけりゃ院宣に反し、打てばまさしく鎌倉どのへの、敵対心をしめすことになる。ふたつの是非を決めかねたまま、肌身離さず持ってはいたが、さあ静、また逢うまでの形見と思い、この鼓、朝夕の慰みにするがいい」

とお渡しになるのを、静御前は手に取り上げ、ひょっとしてお供が叶《かな》うかも、という願いの綱が切れたと知り、鼓をひっしと身に抱え、がばっと伏して泣きじゃくっております。

亀井六郎すすみでて、

「長いお話に時が過ぎた。土佐坊の残党どもが、討ってきたなら一大事です」

そういさめられ、涙にくれて立たれるのを、静は伏したまま、義経公の袖《そで》にすがり、

「わたしひとり振り捨てられ、こがれ死にで死ぬよりも、淵川《ふちかわ》にでも身を投げて、死ぬ！　死んでやる！　ええ、死にます！」

と泣き叫ぶのを、みなみなもてあまし、まちがいあってはわが君の、家名の傷ともなる。どう止めようか、と思案のすえ駿河次郎が近寄って、遠慮なくつかんで袖からひきはがし、

「ちょうどいい縛り縄」

と鼓の緒を引きほどき、静の手首を手早く、身投げなどさせぬよう小手縛りにし、道の枯木《こぼく》に鼓とともに、がんじがらめにくくりつけて、

「邪魔は払《はろ》うた。さあ、いきましょう」

とみなともに、足を速めて急ぎいく。

あとに静は身をもがき、わが君の後ろ姿を見ては泣き、泣いては見、

「ええ、ひどい、駿河どの。情けでかけられた縛り縄がうらめしい！　引っぱれば、ああ、お形見の鼓がこわれてしまう！　どうか、どうか、ほどいて、死なせてちょうだいよう！」

と泣き叫ぶ、目も当てられぬ姿よ。

落ちゆく義経、逃がすまいと、土佐坊の家来、逸見藤太《はやみのとうた》、あまたの雑兵《ぞうひょう》めいめいに、たいまつ、腰ちょうちん、道を照らして追っかけてきたところ、枯木のかげに女の泣き声、何者だろう、と近寄ってみるや、

「やあ、こいつこそ音にきく、義経のおんな、静とかいう白拍子《しらびょうし》、縄までかけてさしだすとは、こりゃありがたい贈り物。お、この鼓も義経が、大事にしておる初音の鼓か。この道筋に、判官《ほうがん》義経も、隠れおるにまちがいない。こりゃ三年目の幸運じゃ」

藤太、手早く縄切りほどき、鼓取りあげ、引っ立てていこうとするその瞬間、飛びこんできたのは、義経公のあと慕い、馳せさんじた、佐藤四郎兵衛忠信。場をみてとるや飛びかかり、藤太の肩骨ひっつかんで、とりかえした初音の鼓、藤太を宙にひっさげ、二、三間の距離を放りなげる。静を支え、踏みはだかって立つ、その涼やかな美丈夫！

静が、

「あ、忠信どの、よいところへ、きてくれました」

と喜べば、逸見藤太、

「そうか、おまえが忠信か。よい敵、搦《から》めとって名をあげてやる」

と、雑兵ともども、ばらばらと取りかこむ。

「ほうほう、かわいらしい雑魚《ざこ》どもめ、そんなら搦めとって、手柄にしてみろ」

最後までいわせもせずに両方から、

「捕った！」

「捕ったぞ！」

投げかけられる縄を引っぱずし、家来どもの首筋つかんでえいやっ、えいやっと、右へ左へもんどりうたせる。隙《すき》をみせずに、うしろの大勢が、そろって斬ってかかるのを、

「よし、こい！」

と抜き合わせ、茅《かや》の穂先のようにひらめく刀の切っ先、ひょい、ひょいと、鳥よろしく飛び越え、跳ね、駆けまわりながら、敵の眉間《みけん》、肩骨、薙《な》ぎはらってまわる。わあっ、とばかりに、雑兵は逃げ去って行く。

遅れて逃げる逸見藤太の、首筋つかんでどっと投げ、足もとに踏みつけ、

「おのれらの分際でこの鼓をとろうとは、胴より厚い面の皮、ぶち破ってやるか」

ずん、ずん、踏み、蹴りつけると、ぎゃっ、と最期の息、藤太の命は絶え果てる。

鳥居の下の木陰から、義経主従が、つぎつぎと駆け出してきます。

「ようやった、忠信！」

義経の仰せをきき、忠信は、

「これは、思いがけなくお目にかかります」

飛びずさってははっと手をつけば、亀井も駿河も武蔵坊も、忠信に互いの無事を語

りあっています。

忠信さらに頭をさげ、

「まずは変わらぬわが君のお顔、拝見でき、ほっといたしました。わが母が病気見舞のため、おいとまをたまわり、生国出羽《でわ》にこもって長々と介抱しておりましたが、まもなく母も全快し、さあ帰ろうか、と思っていた矢先、わが君が、兄の鎌倉どのと不仲、腰越《こしごえ》より追っかえされた、と噂にききました。とるものもとりあえず、都へ戻るその途中、耳にしましたのは、土佐坊がわが君の討っ手に立ったとか。夜を日につぎ、やっと今晩、堀川の御殿へ駆けつけたところ、わが君と家来衆のみな、もはや都を退かれたときき、ここまでお跡をしたい、駆けてきました。思いもよらず、静さまのご難儀をお助けできたのは、わが一念が、なんとか届いたものかと」

申し上げれば義経公も喜悦し、

「この先のことを頼みに、俺たち一同、神社に参詣《さんけい》していたんだが、おまえのいまの活躍、ようく見せてもらったよ。鎌倉武士に刃向かうな、と家来たちに、かたく申しつけはしたが、土佐坊が討たれたあとに、その家来を忠信が討ったといって、誰がなにを構うもんか。いつもながらのおまえの手練《てだれ》、あっぱれ、あっぱれだった。こないだの屋島《やしま》の戦で、俺の矢面に立ち、討ち死に果たした希代の忠臣、佐藤次信《つぎのぶ》、おまえはその弟だからなあ。俺の腹、それにこころをわけたも同然だ。おう、そうだ、俺の姓名をゆずろう、清和《せいわ》天皇の末裔《まつえい》、源の九郎義経と名乗って、まさかのときはこの判官になりかわって、敵をあざむき、後代に名をとどめてくれ。これは、とりあえずの褒美《ほうび》だ」

といって、家来に持たせた大将の鎧《よろい》、忠信にさずけます。

はっとばかりに押しいただき、頭を土にすりつけすりつけ、

「土佐坊づれの家来を追っちらしただけで、御鎧をくだされるその上に、御名前までたまわるなど、生涯の名誉。武士の冥加《みょうが》にかないました」

天に礼し、地を拝し、よろこび涙にくれるのを、義経公はさらに、

「俺はこれから九州に飛び、豊前の尾形を頼るつもりだ。おまえは静を同道して都にとどまり、万事よろしくはからってくれ」

名残《なごり》を惜しみながら静に、

「手紙、送れたら送るぞ、じゃ、またな！　元気でな！」

と立ちあがるのを、

「ほんまに、お別れなんですね」

と駆け寄る静の前に、武蔵坊、亀井、駿河が立ちはだかります。忠信も主君にいと

まごい、互いに無事を、とうなずきあい、嘆く静を押しのけ押しのけ、こころ強くも主従四人、山崎越えに尼崎、大物浦めざして出立します。

「待って、ねえ、もう少しだけ、待ってよう」

とついていこうとする静御前、忠信にとめられ、君の行方を見守りつつ、

「お顔がここに、目に見えて、恋しいのよう」

地にひれ伏し、正気なくして泣きじゃくるのを、忠信は、

「わかります、ええ、わかりますとも……ですけれどね、離ればなれも、しばらくのことです。さあ、この鼓！　君の形見とおっしゃるからには、君と思って肌身に添え、哀しみを、まぎらわせてくださいませ」

くだされた御鎧、ゆらりと肩にひっかけ、なだめなだめて手をとります。静は泣く泣く、形見の鼓を肌身に添え、つきぬ名残にむせかえりつつ、涙とともに道筋を、たどりたどりて行く空の。

渡《と》海屋《かいや》の段

夜ごと日ごとの入船に、浜辺にぎわう尼崎《あまがさき》、大物浦《だいもつのうら》に、その名も知れた渡《と》海屋《かいや》銀平《ぎんぺい》、

海をかかえて船商売、店はふかぶか碇《いかり》さし、木綿《もめん》の帆をしっかと張って、のぼりくだりの積み荷物、運ぶ船頭、水主《かこ》の人足、ひとの途絶えぬ船問屋、暮らしむきはゆったり。

夫は積荷の問屋まわり。うちをまかなう女房おりゅう、泊まり客の料理にだすのは、場所がら網にかかるもの。甘めの塩のあんばいに、甘く育ったひとり娘お安《やす》、ついうたた寝するその裾《すそ》に、もし風邪《かぜ》でもひいたらと、そっと布をかけてやる。と、奥の襖《ふすま》をがらりと開け、にょきにょき出てまいりましたのは、風呂敷包みをはすに背負った旅の僧。

おりゅうは、まあ、まあ、と近寄って、

「あれ、旅のお坊さま、いま晩の御膳をおだししますのんに、どちらかお出かけですか」

「いやじつは、西国への船出の日和《ひより》を待ちつづけでな、連れともども、ぼうっと退屈しとる。ただ居てるより、西町《にしまち》へいって、買い物でも、してこよかとおもてな」

「いやいや、ちょっとお待ちくださいな。外のお客様へは、鳥貝のなます、ご出家さまにはお精進の料理、特別にこしらえましたのんに。ちいと上がっておいでなさいな」

「いやいや、愚僧は山伏、精進なんぞせえへん。鳥貝なます、うまそやな」

「そいでもお坊さま、今日は二十八んち、お不動さまのご縁日」

「あ、ほんにそやな。大事な精進、はあ、しゃあないしゃあない。いてくるわ」

ふいに立ち、

「イタタタタ！」

「は、お坊さま、どないされた」

「いや、ほかでもないが、ここへ寝たはんのはここのお嬢はんか。この子ぉの上をまたいだとたん、いきなり足がすくまって……アア、そうかそうか、小さいいうてもおなごはんやしな、虫が騒いで、つっぱらかしよったんやろ。おっ。大降りにならんうち、さあ、いてくるか」

と武蔵坊《むさしぼう》、粗い竹笠《たけがさ》ひっかぶり、どこへともなく急ぎゆく。

母は娘のそばに寄り、

「これお安、そんなうたた寝しとったら、風邪ひいてまいまっせ」

と抱きおこせば目をすりすり、

「ああ、おかあはん、おかあはんのしたはること見てて、ついつい、とろとろ、寝てもうたん」

「おお、ほんならな、目ぇさまし、今朝《けさ》習うた清書を、とっくりとよう書いて、おとうはんに見ていただきや」

と、子には目のない親心、手を引き納戸《なんど》へはいっていきます。

こうしたところへ、誰ともわからぬ鎌倉武士、家来引きつれ、

「オイ、亭主に逢《あ》わせい」

内々まで、どすどすはいってくる。

女房おどろき走り出て、

「夫はよそへいて留守です。いったい、なんのご用で」

と尋ねると、鎌倉武士はこたえて、

「わしは北条《ほうじょう》方家来、相模五郎《さがみのごろう》というもの。このたび、九郎義経《くろうよしつね》、旧知の尾形《おがた》を頼って、九州へ逃げくだるとの噂《うわさ》がある。鎌倉どのの命をうけ、主人時政《ときまさ》の名代として、討手《うって》に下ってきたものの、うちつづく雨風によって、船一艘《いっそう》さえ用意ができておらん。が、さいわい、この家に停《と》めてある船は、日和次第で出航するときいたぞ。願ったり叶《かな》ったりじゃ。その船は、われらが借り受け、櫓《ろ》を押しきって西へくだることにする。旅客はみな追いはらって、座敷をあけて、いったん休憩させろ！　早う早う！」

権威をかさにあがりこむのを、女房は、こたえに困りつつ、ずいっとそばに寄ると、

「御大切な御用事に、船がのうては、さぞ御難儀でしょう。が、手前どものお客も二、三日前より、日和待ちして、ご逗留《とうりゅう》いただいてます。いまさらそのかたがたの乗船をお断りし、あなたさまらの貸し切りになんぞできますかいな。ことに、先さまもおさむらいです。ご一緒に、いうわけにもいかしません。なにとぞご了簡《りょうけん》いただき、今夜のところは、お待ちなされてくださいませんか。そのうち日和もなおりましょう、そうすれば、たとえ何艘かて、入港しておるなかからご都合のよろしい船を、ととのえさせていただきます」

「だまらんか、このあまめ。ここで一泊する余裕があるんなら、おまえらでなく、この地の守護に、むりやりにでもいいつけるわい。奥のさむらいどもがこわうて、おまえの口からいいにくいんなら、わしがじかにいうてやろう！」

いきり立つその袂《たもと》に女房はすがり、

「お急ぎはごもっとも、ごもっともです。ただ、あなたさまを奥へやり、お客さまに、じかにご対面させたりしたら、船宿として、あってはならぬ失態。どうか、どうか、夫の帰りつくまで、お待ちを、お待ちを！」

手をすって詫《わ》びても、

「ええ、しつこいあまじゃ！　奥の武士に会わさんとは、察するところ、平家の残党か、義経の縁のものだな！　家来ども、ぬかるな、油断するなよ！」
　とどめる女房はねのけ突きのけ、すがりつくのを容赦なく、踏みたおし蹴たおして
いるところを、戻りがけに見いだすや、夫の銀平、駆け込み、鎌倉武士の手をとって、
「ちょいっ、とごめんくださいませ！　わっしがこの家の亭主、渡海屋銀平です。え
らいお腹立ちぶりですなあ、そのわけをちょっくら、このわっしに、いうてみていた
だけまへんか」
　膝《ひざ》を折り、手をつくのを、
「む、亭主ならいうてきかそう。わしはな、北条の家来よ。義経の討手を命じられ、
奥座敷の武士が借りたという船、こちらへ先にまわしてもらおうと、奥へ踏みこみ、
わしからじかに、その武士に頼んでやろうというたところ、おまえの女房がさえぎり、
邪魔しよるため、いま、こういう次第になったわけじゃ」
「へえ、はばかりながら、そりゃあ、あなたさまが、むちゃくちゃなように存じまっ
せ。なぜというて、ひとが借《か》ってある船を、無理に貸せとおっしゃりますのは、なあ、
そりゃ無理なことやおまへんか。その上また、ほかのお客がいらっしゃるお座敷へ、
勝手にふみこもうとされるのを、妻がとめたからというて、踏んだり蹴ったりなされ
るとは、そら、おさむらいさまのなされることとは思えまへんなあ。この家にな、一

泊でもお泊まりいただいたならば、どんなかたであろうが、ほかでもない、お得意さまですわ。座敷の中へ踏みこませでもしたなら、わっしがお客さまに顔がたちまへん。ここは、ご了簡されて、どうかお帰りなされてくださいませ」

「この素《す》町人め！　鎌倉武士にむかって帰れとは無礼な。どうでも奥へ踏み込んでやる！」

反った鞘《さや》を逆にもちかえ、家来ともども騒ぎたつのを、

「ああ、ちょっと、おさむらいさま！　それはご短気でござりましょう。船問屋風情ではございますが、聞きかじったところによれば、そもそも刀、脇差《わきざ》しは、ひと斬《き》るものやないそうでございますな。おさむらいさまの腰の二本は、身のお守り、ひとの粗忽《そこつ》や乱暴を、防ぐ道具なんやとか。そうやよってに、武士の武の字ぃは、『戈《ほこ》』を『止《とど》』めると、書くそうでございます」

「生意気なやつめ、ふざけたことをぬかす頬骨《ほおぼね》、斬り裂くぞ！」

抜き打ちに切りつけるのを、引っぱずした銀平、相模の利《き》き腕《うで》むんずとつかみ、

「こりゃもう我慢ならんわい。町人の家は武士ならば城郭《じょうかく》。敷居のうちへ泥脛《どろずね》で、切りこんできよっただけやなく、この刀で誰を斬るて。その上、平家の残党の、義経の縁のと、旅のお客をおどしよんのか。たとえもし、判官《ほうがん》どのやったとして、大物浦に

名の知れた、碇綱《いかりづな》のこの銀平が、おかくまいしたらどないとする。さあ、碇綱がとらまえた！　動けるもんやったら、びくとでも動いてみさらせ！　どたま微塵《みじん》にかち割って、命をとり舵《かじ》、この世の出船じゃ！」

刀もぎとり、宙に抱えてもって出て、門の敷居にもんどり打たせると、相模は、死にいりそうな痛みをこらえ、頬をしかめて起きあがり、

「亭主め、ようく覚えておれ、このおかえしに、おまえの首かき落とす。覚悟しろ」

「まだしょうもないことを」

と、庭にある碇をぐっと差しあげ、こっぱ微塵にと投げつければ、はやてに遭った小舟のごとく、尻《しり》に帆をかけ主従とも、ふりかえりもせず逃《に》げ失《う》せる。

「ほほう、ええざまや」

と銀平は、たばこ盆引きよせ、

「なあ女房、奥のお客人も、いまの悶着《もんちゃく》お聞きんなったやろな」

夫婦がひそめく話し声、漏《も》れ聞こえたか、一間の襖押しひらき、義経公、旅の艱苦《かんく》にやつれ果てたその顔《かんばせ》。駿河次郎《するがのじろう》、亀井六郎《かめいのろくろう》も、あとに続いてあらわれる。

「こりゃ、思いもよらんお出ましで」

夫もあわてて膝立てなおし、夫婦そろってひれ伏すのを、

「隠すより、あらわるるはなし、とかいうな、昔から。兄頼朝《よりとも》の機嫌をそこね、世を忍ぶ旅のこの義経。尾形を頼りに西へむかおうと、この宿で日和を待っていたところ、ご亭主よ、うまく計り知って、時政の家来を追いはらってくれたな。あぶないところを助かったよ。まったく、商人とは思えぬ腕だ。俺が一《いち》ノ谷《たに》を攻めたとき、鷲尾《わしのお》という名の木こりのこどもに、山道の案内させたことがあったが、そのことをおもいだした。山賤《やまがつ》としては、はなはだ強く、結局、武士として召しかかえたけれども、あいつ以上の豪腕じゃないか。ああ、昔の俺だったなら、武士に引き上げて召し使うのに、いまはその甲斐性《かいしょう》もない。漂泊の身でなあ」

武勇激しき大将の、身の上を嘆くことばに、駿河、亀井、もろともに、無念の拳を握っております。

「いやこれは、ありがたい仰せで。わっしもこの界隈《かいわい》では、碇綱の銀平というて、ひとに知られておりますけれど、たかだか町人ですわ。今日のしわざも、いうてみれば竈《かまど》んなかの将軍、些細《ささい》なことがお目にとまり、わっしのようなもんにごほうびの御ことば、冥加《みょうが》にあまるしあわせですわ」

と渡海屋銀平。

「じつを申せば、あなたさまをはじめてお見かけしたんは、屋島《やしま》へ出陣されたあのとき。大阪は渡辺《わたなべ》、福島《ふくしま》の港で、兵船のお役人から指名され、わっしめの持ち船も、戦のご用にお出ししましたんで。一度ならずこのたびも、不思議にお宿をお世話さしあげる、いうのも、勝手ながら、浅くはないご縁を感じております。ですから、御身のために申し上げますが、北条の家来がとって返せばちょいと面倒、一刻もはよう、ご乗船くださいませ」

といいも終わらぬうち、駿河次郎、

「わしらも、むろん、そのつもりや。が、この天気で出船いうのは、いかがなもんなんや」

「ああ、そこはぬかりもござりまへん」

と銀平。

「弓矢に打物《うちもの》は、あなたさまがたのお仕事、舟と日和をみることは、船問屋の商売でっせ。きのう今日は辰巳《たつみ》の風、夜中には雨もあがる、明け方には朝嵐にかわって、出船にはもってこいの上日和。年の功とて、わかりますんや」

見透かすようにいうのは、いかにもその道の達人。

亀井六郎ずんと立ち、

「おお、銀平よ、助かったぞ。おまえのことばに従うて、雨の晴れ間に、かたときもはよう、主君のお供つかまつろう」

申し上げれば、義経公は、

「船中のことは、銀平、おまえのいいように計らってくれよ」

仰せに銀平、はっと頭をさげ、

「ただいまも申したとおり、幼少より舟のことは、よう鍛錬いたしましたんで、御見送りのためわっしもわが舟で、須磨《すま》、明石《あかし》あたりまで参りましょう。本船の泊まっておるのは、五町くらい沖のほう、船の名前は日吉丸《ひよしまる》、思いたつ日が吉日《きちにち》、吉祥。わっしも雨具の用意をいたし、すぐにあとから追っつきますわい。女房、義経さまを、お見送りせい」

いい捨て、納戸へはいっていく。

妻は心得、御身をかくす、笠と蓑《みの》とをさしあげると、義経公より、

「おお、こころづかい、忘れんぞ」

亀井と駿河は、その笠を公にお着せすると、自分たちふたりも手早く笠紐《ひも》ひきしめ、

「さあ、まいりましょう」

主従三人、ともに連れ立ち浜辺に出、かねて用意の艀《はしふね》に、義経公が乗ったとみて、亀井と駿河も飛び乗り飛び乗り、

「さあ、船頭、舟をだせ！」

もやい綱ほどけば、女房も、見送りのため船場におり、

「ご武運ますますおめでたく、ご縁あらば、ふたたびお目にかかりましょう！　さよなら、さようなら！」

櫓を押し立てて、舟は沖へ。

女房はいきせききってうちのなかへ、

「ああ、気がせいてならん」

火打ち鳴らして油さし、神棚、居間に灯を照らし、

「お安、お安」

と呼び出すと、

「日暮れまで、手習い、つづけてたんか。今晩はおとうはん、おさむらいさんらをお船まで、送ってきはるんやで。そやからな、おまえも寝つくまでここにおりや……あんた、ほんま、どないなつもりですか、うちのひと！　千里万里もいくような身ごしらえしてはんのか？　ああ、もう日も暮れまっせ！　用意がすんだら、はよ出なはれ！」

いくら呼んでも返事なし。

「もしや昼のくたびれで、うたた寝でも……銀平はん、銀平はん！」

と呼び立てると、障子がひらき、

「そもそもこれは」

と、あらわれたのは武将姿。

「桓武《かんむ》天皇九代の末裔《まつえい》、平知盛《たいらのとももり》が、幽霊である！　渡海屋銀平とは、仮の名。新中納言《しんちゅうなごん》知盛と、実の名をあかしたからには……」

居間におりるや、知盛は、

「おそれいります」

と娘、お安の手をとり、上座に移したてまつります。

「あなたさまはまさしく、八十一代の帝《みかど》、安徳《あんとく》天皇さま！　源氏に世をせばめられ、しょせん、勝つべき戦でなかったため、そのおからだを、二位《にい》の尼《あま》がお抱えし、知盛とともに海底に沈んだとあざむいて、わたくしがお供をしてきたこの年月、お乳《ち》のひとを女房と呼び、この世をすべる帝様を、わが子と呼びつつ、時節を待った甲斐がありました！　今夜こそ、あの九郎大夫《たいふ》義経を討ちとり、長年の本懐を達せましょう。おお、喜ばしや、嬉《うれ》しや。典侍《すけ》の局《つぼね》も喜ばれよ！」

勇む顔色、威あって猛々《たけだけ》しく、平家の大将知盛だと、ありありと示すその骨柄。

「まさに常日頃からの宿願」

と典侍の局。

「今夜、と決心されましたか。ただ、九郎はとりわけさとい男、けしてし損じなさいますな」

「フフ、なればこそ手立てがある」

と知盛。

「北条が家来、相模五郎というのは、わが手下の船頭よ。討手といつわり狼藉《ろうぜき》させ、義経に味方する様見せてこころ許させた。また、今夜の難風を、船出の日和といつわり、船中にて討ちとる手はずも組んだ。ただ、この知盛じつは生き残って、義経を討ったと噂がたっては、この先、わが君のご養育もならず、くわえて頼朝への恨みも報われん。さるによって、味方の手勢をまわりに配し、小舟にてあとより追っつき、義経と海上にて戦えば、このわしこそ、西海にて滅びた平家の悪霊、知盛が怨霊《おんりよう》なり、と雨風をさいわい、やつらの目をくらますこともできよう。それがため、わが風体もこのように、あやしく見える白糸威《しらいとおどし》の鎧《よろい》、この白柄《しらえ》の長刀《なぎなた》で、九郎の首とって立ち戻ってこようぞ。勝負の合図は大物浦の沖の、提灯《ちようちん》、たいまつ。その灯がいっせいに消えたなら、知盛、討ち死に、と心得られよ。わが君にも御覚悟いただき、御骸《おんから》、見苦しきことなきように」

「あとのことはご心配なさらず、どうか、よき知らせをくだされ」

「……ともり、早うね」

と安徳天皇の勅《みことのり》に、

「これは……ありがたや」

と天子のお顔、拝してみれば大人びて、八つの太鼓も御年の、数をかたどる出陣の知らせ。

「では、おいとまを」

と夕浪に、長刀取り直し、巴波《ともえなみ》の紋、あたりを払い、砂を蹴立てて疾風《はやて》につれて、目をくらませ、飛ぶように駆けていきます。

あとを見おくり、典侍の局、帝の御そばに近寄ると、

「いま知盛がいうたのをよう聞かれましたか。幼いとはいえ十善の天子、さもしいこんな様では軍神へ畏れ多い。ご装束を」

と立ちあがり、まさかのときはごいっしょに、冥途《めいど》の旅の死装束と、こころをこめて納戸口、涙かくしてはいっていきます。

夜もはや、次第に更けわたり、激しくきこえる雨風に、

「いまごろ、とももり、たいへんやなあ、かわいそうになあ」

大人びておっしゃり、ひたすらに、案じ詫びたる御気色。ほどなく局は、山鳩色《やまばと》の御衣《ぎょい》、冠をうやうやしく台にのせ、その身もともに着衣をあらため、ひと間を出できます。

「かたときも早うご装束を」

御そばに近より、賤《しず》の上着を脱ぎかえて、下の衣、上の衣、御衣、冠にいたるまで、召しかえれば艶《あで》やかに、はじめの御姿にひきかえて、神の御子《みこ》孫の御装い、たいへんに尊《とうと》いご様子です。

「さあこれからは、知盛の、吉報をただ待つばかり」

そよと風の音さえ知らせかと、胸とどろかす太鼓《たいこ》鉦《かね》。はやくも戦まっ最中と、君の御そばに寄り添うて、知らせをいまかと待つ折から、知盛の家来、相模五郎、息つきもせず馳《は》せつける。

「様子はいかに、早う、早うきかせよ」

と、局もせきにせききってきく。

「では、申し上げます。かねての手はずどおり、暮れすぎより、味方の小舟を乗り出し、乗り出し、義経が乗った本船間近にこぎ寄せますと、折しも激しい武庫山《むこやま》おろし、風に連れて降りくる雨、いかずち、時こそ来たれり、と水練つんだ味方の軍勢、みな海中に飛びこみ、飛びこみ、西国にて滅びた平家の一門、義経に恨みをなさん、と声々に呼ばわりましたところ、あちらもかねて用意してあったとみえ、提灯にたいまつ、ぱっ、ぱっ、と点《とも》し、こちらの舟に乗り移ってまいりました。ここを先途と戦ううち、味方の駆り武者は大半が討たれ、ことはどうやら危うい気配でございます。わたくしめは、すぐに取ってかえし、主君知盛の御戦いを見届けましょうぞ」

　申し終えもせず、駆けてゆく。

「さあ、さあ、大事になってきた。なによりも、知盛の身が気遣わしい。沖の様子はどうでしょう」

　と、ひと間の障子戸押しあけると、提灯、たいまつ、星のごとくに天をこがし、まんまんたる海もひと目に見渡せる。あまたの小舟、行きかい、行きかい、舟のやぐらを小だてにとって、敵も味方も入り乱れ、舟を飛びこえ、跳ねこえて、追いまくりつつ、エイエイ声で斬り結ぶ、ひとかげまでもありありと、戦う声々風につれ、手に取るように響いてくる！

「あっ、あそこ、ご覧なされ、知盛がおられるようです」

「えっ、どこに？」

と背をのばし、みられるうちに、提灯、たいまつ、次第しだいに消え失せて、沖もひっそりと静まってまいります。

「こ、これは、知盛討ち死にの合図か！」

と、呆然《ぼうぜん》と、あまりのことに泣けもせず、途方にくれて立っていると、入江丹蔵《いりえのたんぞう》、まっ赤な血染め姿で立ち帰り、

「義経主従、どえらい戦ぶりで！　味方は残らず討ち死にし、また知盛さまも、おおぜいに取り巻かれ、もう危ないとみえましたが、その後、いっかな行方がしれまへん。おおかた、海へ飛びこまはって、それでたぶん、最期かと……冥途のお供、いたしまするっ！」

言い終わりもせず、諸肌《もろはだ》ひらき、持った刀、腹に突き立て、汐《しお》の深みに飛びこんでいく。

「や、なんと知盛も、あえなく討たれなさったか」

はっとばかりにどうと伏し、前後もなしに、局は泣きだす。安徳帝も、みることときくことの、悲しさこわさ取り混ぜて、ともに涙にくれるばかり。

局は、嘆きのなかから君を膝に抱きあげ、御顔つくづくうち眺め、

「二年ばかりは、この見苦しいあばら家を、玉座とおぼしめしての御住まい、朝夕の

御食事も、しもじもと同じように侘《わび》しいもの。それでも帝の御こころは、殿上の栄華ともおぼしめされ、暮らしてこられた。けれども、知盛が死んでしまわれては、粗末なあばら屋に、御身をひとつ、置きたてまつることさえもやがては叶わず、そうして最後には、この大物浦の、土芥《つちあくた》と消えてしまわれるのか。この世でもっとも尊い御身の上に、あまりにも深い悲しみの数々が、つづけばつづくものよ、ああ、ああっ！」

と、くどき立て、くどき立て、涙に身も浮くばかりに嘆くものの、

「ああ、悔やんでもせんのない。御覚悟、急ぎましょう」

涙ながらに御手をとり、泣く泣く浜辺に出たけれども、こんな立派な御姿を、この海に沈めるかと思えば、目は暮れ、こころは沈み、身はわなわなと震えております。

いくら賢い帝も、死ぬことになるとはつゆ知らず、

「ねえ、ねえ、かくご、かくご、って、どこまでいくん？」

「おお、そう思われるのも道理。ようお聞きあそばせや。この日《ひ》の本《もと》はいま、源氏の武士ばかりはびこっておそろしい国、この波の下にこそ、極楽浄土という、結構な都がござります。その都には、ばばさまはじめ、平家の一門、知盛もおりますからね。わが君さまも、そこへ御幸《みゆき》され、物憂きこの世のくるしみから、お逃れあそばしませ」

なだめ申すと、打ちしおれ、

「あの、こわいこわい波の下へ、たったひとりでいくのん?」

「ああ、もったいない!　こんなにもうつくしゅう、育て上げたる玉体《ぎょくたい》を、あのなんなんと満ちる千尋《ちひろ》の底へ送ったあとで、わたくしめに、どんな身も世もありましょうか。このわたくしも、お供させていただきます、いとしかわゆい養い君、なんでおひとり、行かせましょうや」

「そんならうれしい、おまえといっしょやったら、どこへでもいく」

「おお、よういうてくださった!」

と、引き寄せ、抱きしめ、

「火に入るも、水に溺《おぼ》れるも、先の世のさだめですから、来世の誓いをどうぞなされて、天照《あまて》らす大御神《おおみかみ》におわかれを」

と、東にむかわせ申すと、帝がうつくしき御手を合わせ、伏し拝むご様子を見て、気も絶え絶えに、

「おお、よう、おわかれなされたの、仏の御国はあちらぞ」

指さすほうにお向きになり、

「いまぞしる　みもすそかはのながれには　なみのそこにも　みやこありとは」

と詠じられたのを、

「おお、おでかしなされた。ようお詠み遊ばした。平家の御代《みよ》の、月花のお遊びのときにこそ、こんなふうに、歌を詠まれたなら、父帝さまはいうに及ばず、おじいさまの清盛《きよもり》公、おばあさまの二位の尼君、とりわけ母の門院《もんいん》さま、なんぼうお喜びであられたでしょう！　いまわの際に、こんなにお上手にお詠みになっても、なんと甲斐のないことか……」

かきくどき、かきくどき、涙のかぎり声限り、嘆きくどき、くどいては嘆く。

涙の隙《すき》に、局は、帝の御髪《おぐし》、かきあげ、も一度、かきあげて、

「いまは早、極楽への門出、まいりましょう」

帝をしっかと抱きあげて、磯《いそ》うつ波に裾をひたし、海の面《おもて》をみわたし、みわたし、

「さあ、八大竜王、恒河《ごうが》の魚たち、安徳帝の御幸なるぞ、御守りなされ！」

渦巻く波に、飛び入らんとする、まさにそのとき、いつのまにそこにいたのか九郎義経、さっと駆けより、帝を抱きとめてさしあげる。

「おう、あんまりじゃ！　見のがして、死なせてくだされ！」

局はふりかえり、

「やや、あなたは！」

「声立てなさるな」

と、帝を小脇に抱きかかえ、局の小腕《こがいな》、ぐっとねじあげると、力ずくで引ったて、ひと間の内へはいってゆきます。

と、知盛が駆けこんでくる。髪大わらわにして奮戦し、鎧に立つ矢で蓑を着たよう、威の糸もまっ赤に染めあげて、みずからの宿へ立ち帰ります。あとを追ってきた武蔵坊が、表で立ち聞きしているとは、つゆも気づかず知盛は声をあげ、

「帝はどこにいらっしゃる！　お乳のひと、典侍の局は！」

呼ばわり呼ばわり、どっと伏せ、

「えい、無念。口惜しい。これほどの傷で弱りはせぬわい」

長刀を杖《つえ》に立ちあがり、

「お乳のひと！　わが君！」

よろよろと、さまよっているその場に、ひと間の襖を踏みあけ、九郎判官、左手の小脇に帝をおし抱き、局を引き寄せつつ登場します。

「おう、義経、こんなところにおったか！　あの思い出の浦の波に、このわしが沈んだ姿そのままに、おぬしもまた、海の藻屑《もくず》にしてくれるわ！」

と長刀取りなおし、

「さ、勝負！」

と詰め寄れば、義経すこしも騒がずに、

「知盛、そんなにはやりなさるな、義経、話がある」

帝を典侍の局に渡し、しずしずと歩み出る。

「西の海にて入水《じゅすい》といつわり、帝を奉じ、この地に忍び、一門の仇《あだ》に報いようとは、すごい、あっぱれだよ、見あげたもんだ。俺がこの宿に逗留しだしてすぐ、なみなみならぬその人相、骨柄《こつがら》、たぶん平家の落人《おちうど》だろうと察し、弁慶にいいふくめ、はかりごとし、帝の身辺をお探りしたところ、その身を踏みまたごうとするや、すぐさま弁慶の五体にしびれが走った」

と義経。

「さらに俺には、味方のふりで油断させ、討ちとろうという計略をたてていたろ。およそそんなことと見当はついたから、艀《はしふね》の船頭を海へ斬って落とし、湾の裏へ舟をまわしておいたのさ。俺はといえば、とっくにこの家へはいりこんで、始終くわしく見届けた上、帝はこちらの手にお預かりした、というわけさ。だがな、いいか、日《ひ》の本《もと》をお治めになる万乗《ばんじょう》の帝さまを、この義経が、捕虜になどするわけがなかろう。このたびのご難儀は、ただただ、平家の血を引いておられるがため起きたこと。いまこの俺が、このようにお助け申し上げたとして、兄の頼朝も、まさか、俺を責め立てたりはするまい。知盛よ、帝のこれからの御身の上については、けっして、けっして、気づかいは無用だよ」

きくうれしさは典侍の局、

「おうおう、いまのことばどおり、さきほどより義経公は、深い深いおこころで、帝の御身の上は、縁のある方へ渡そうと、武士《もののふ》のかたい誓言してくださった。喜んでくだされ、知盛公」

ときくや知盛、気を逆立てて局を突きのけ、

「えい、無念！　悔しいかぎり！　一門の仇に報わんと、心魂を砕いてきたというに、今夜の計略早々にばれ、身の上まで知られてしまったとは……これは天命、そう、天命にちがいあるまい！　義経、おまえがわが君をお助けするのは、この日の本に住み、帝からの恩をうけたものとして、あたりまえのこと。知盛がおのれに、恩を感じるいわれなどないわい！　さあ、いまこそ亡魂《ぼうこん》らへのたむけに、おのれに、ひと太刀！」

痛手によろめく足ふみしめ、長刀かまえて立ち向かう。そこを弁慶押しへだて、太刀長刀はもはや無用と、数珠《じゆず》をさらさら押しもんで、

「どうや知盛、こないなことやと睨《にら》んだゆえに、わしも今朝から船のほうにまわり、

たくらみの裏をかいたんや、もはや悪念は捨て、一念発起せい」

と、修験用のいらたか数珠を、知盛の首にひらりと投げかけます。

「むう、この数珠で、知盛に出家せいとか」

と怒る知盛。

「けがらわしいわ！　源、平、藤《とう》、橘《きつ》、四つの姓がはじまってから、討っては討たれ、討たれては討つが源平のならい。生きかわり、死にかわってでも、恨み晴らさずにおくものか！」

思いこんだ無念の顔色、まなこ血走り、髪さかだち、生きながら、悪霊の相があらわれております。

そうときくや亀井と駿河、主君の身になにかあればと、駆けより、取りまいたそのとき、幼少なれど安徳天皇、ものごと始終の筋道をきかれ、知盛に向きなおるや、

「朕《ちん》に大切につきそい、ながながおせわしてもらったは、おまえのおかげだ。また、きょう、まろが助けられたのは、よしつねのおかげだ。うらんでくれるな、な、ともり」

と、もったいなくも涙をお浮かべになるところ、典侍の局、同じく涙にくれながら、

「おお、ようおっしゃった。いつまでも、義経のこころざし、きっとお忘れにならぬ

よう。源氏が平家の仇敵《きゅうてき》と、帝さまにこの乳母が、仇のこころをおつけするのではないかと、あとあとまでも疑われて、生きていては、帝の御ためになりません！　君のこと、くれぐれも、おねがいしますぞ、義経公っ！」

と、用意の懐剣、喉《のど》に突き立てる。帝の御顔、名残惜《なごり》しげにうち眺め、うち眺め、さらばとばかりこの世に別れ、あえなく息絶えてしまいます。

おもいもかけぬ局の最期。帝はもちろん知盛も、重なる悲劇に勇気も砕け、しばらくことばもありません。

帝のすぐそばで、知盛は、涙はらはらと流しながら、

「前世でのご善行が報いてか、せっかく、この世の天子とお生まれになったのに、西海の波にただよいながら、塩水はのめず、水に飢えられたのは、これぞ餓鬼道《がきどう》。あるときは波風はげしく、お召しの船を荒磯に吹き上げられ、いまにも死んでしまうかと、多くの官女が泣き叫ぶは、阿鼻叫喚《あびきょうかん》、無間地獄《むけんじごく》。陸で源平あらそうは、とりもなおさず、修羅道の苦しみ。さらに源氏の、陣地陣地にあまた馬どものいななくは畜生道。いまは賤《いや》しき御身となり、人間の憂き艱難《かんなん》、生きながら、六道の苦をうけておられる！」

「これというのも父清盛が、天皇家と姻戚《いんせき》にとの望みをもって、姫宮を御男宮《おんおのこみや》といい

ふらし、権威をもって御位につけ、天道をあざむき、天照大神にいつわりを述べたその悪逆が、つもりつもって一門と、わが子の身に報うたか！　おお、なんということじゃ！　こんな深手を負うてしまい、この知盛ももう永くはない。さ、いまから、この海に沈み、末代まで名を残さん。大物の沖にて判官に、仇をなしたのは知盛が怨霊と伝えよ！　まだ息があるいまのうちに、帝の供奉《ぐぶ》、たのむぞ、たのんだぞ！」

と倒れかけるのに、

「おう、俺はいまから九州の、尾形のところへ下っていく。帝の御身は義経が、いつまでも御守りしよう！」

手を取って出て行く、そのうしろに、亀井、駿河、武蔵坊らも随行していく。

知盛、にっこりと微笑《ほほえ》み、

「きのうの仇は、きょうの味方か。ああ、安堵《あんど》した……これで、よかったのだ……ようやっと、この世に、ほんとうの別れがいえる」

振り返って御顔を遠くにみるも、目に涙、いまわの名残に天皇も、振り向きみている、別れの門出。とどまるこちらは冥途の出船。

「さあて！　三途《さんず》の海とは、いったい、どんなものやら」

と碇を取って頭上にかかえ、

「さらば！　さらば！」

も声ばかり、渦巻く波に飛びこんで、あえなく消える忠臣義臣、その亡骸《なきがら》は大物の、千尋《ちひろ》の底に朽ち果てて、名は引き潮にゆられ、ながれ、ながれたそののちに、ただしら波となりはてる。

第三

椎《しい》の木《き》の段

み吉野《よしの》は、うつくしいのは、丹後《たんご》、武蔵《むさし》に、大和路《やまとじ》。

とりわけ名高い大和の金峰山《きんぷせん》、蔵王弥勒《ざおうみろく》の宝物の、ご開帳ということで、野も山も、にぎわう道のかたわらに、茶店かまえて出花のお茶くむ、青前垂れのおんながひとりおります。女盛りの器量よし、とはいうものの、五つか六つの男の子がそばにひっつき、かかさま、かかさま、と呼ばわるそばから、だんだんと、なんだ子持ちの女房かと、花の香もさめてしまう。

そのいっぽう、枯れ残る身になお、枝折られるほどの苦難を背負い、若葉《わかば》の内侍《ないし》と若君、嵯峨《さが》を逃れ、もしや維盛卿《これもりきょう》が、と高野《こうや》をめざし、お供の主馬《しゅめ》の小金吾武里《こきんごたけさと》が旅の用意の小風呂敷背負って、吉野、忍海《おしうみ》なる、下市村《しもいち》についたところ。

若君の六代《ろくだい》、疳《かん》の虫《むし》をわずらい、ちょうどそこへ茶店がみえた。

「しばらくの間、床几《しょうぎ》でお休みください」

と小金吾、内侍を誘い、みずからも背負った包みをおろし、

「おい、お茶を！」

との声に、あい、あい、と女房、愛想こぼしてさしいだす。

内侍はつくづくと見つめ、

「あなたも、お子をお持ちか。わたくしも、連れ合いの忘れ形見を連れての途中でね、病にかかり、たくわえていた薬もきらし、にわかの難儀にあいました。子持ちのものは相身互《あいみたが》い、薬をおもちなら、いただきたいのだけれど」

というのに女房は。

「そらまあえらい御難儀で。うちの子ぉは、うまれて以来、腹痛ひとつおこしまへんで、なんの用意もございまへん」

「そう、弱ったわ」

「ああ、そやそや！　さいわい、この村の寺の門前に、洞呂川《どろがわ》の陀羅助《だらすけ》を受け売るひとがおります。お供の前髪様、さ、ちょっとひとっ走り、いってきなはれ」

「いや、わたしはこの辺不案内で、めんどうですまんが、買ってきてくれないか」

「おお、それもお安いことで。うちが買うてきまひょ。善太《ぜんた》、留守番しときや。すぐ行ってくるわ」

「ぼくも、ぼくも」

と慕う子を連れ、器量よければこころまで尊《とうと》い、寺の門前へ、薬を買いに急ぎゆく。

「きもちのよいひとね」

と内侍はみやり、

「六代様、ここにずいぶん、木の実が落ちておりますが、拾って遊ぶ気はありませんか？　この小金吾が全部、ひろってしまいましょうか？」

と、誘いことばに気を引かれ、

「ぼく、ひらおう」

わがまま半分の病気の若君、起き上がったので内侍もいっしょに、

「さあさあ、ひろいましょう」

「いや、わたしが」

と小金吾が、二十歳に近い大前髪で、おとなげないのも若君の、ご機嫌とりとり橡《とち》の実を、拾い集めているそこへ、若い男のくたびれ足、これも旅装の風呂敷包み、背負うてぶらぶら茶店をみつけ、

「どりゃ、休んで一服しよか」

包みをどっかと床几におろし、

「ごめんなさいよ、火ぃ借りるで」

と煙草吸いつけ、

「こりゃ、皆様がたは、開帳参りでございますか。お子は道草のお遊びか。うちの近所のがきらとちごて、えらいおきれいなおなりやなあ」

と褒《ほ》めても話しかけても、こころ安くはできぬまま、三人は、ことば少なく拾っている。

しばらく休んでこの男、

「これこれ、その落った木の実は虫入りで、見かけがようてもみなからっぽ、木についたあるんをお取りなされ」

というので小金吾、

「なにをいうやらこの男、二丈あまりの高木、駆け上がる蹴《け》爪《づめ》はないわい」

「それを、かんたんに取る方法がおます」

「そりゃ、どんなふうに」

「そんならひとつ、お目にかけよか」

と、小石拾うて投げつければ、枝にあたって、ばらばらばらばら。

若君喜《よろこ》び、病いも忘れ、

「小金吾、ひらえひらえ!」

のご機嫌に、内侍も嬉《うれ》しく、

「おお、よいことしてもらいやった。どうも、ご親切に」

との一礼も、畏れ多いと男は知らず、自慢げに、

「はは、手並みごろうじたかい。もそっと当てて進ぜたいが、遠い道のり、そう遊んでばかりもおられまへん。わしは参りましょう」

と包みを背負い、

「ご縁があったら、またいずれ」

といってその場を行き過ぎる。

小金吾、木の実を拾ってしまうと、

「さあ、これで我慢なさい。いやいや、さっきの男は機転がきくな」

と、見やる床几の風呂敷包み、同じ色でもどこかしら、違う様子と走り寄り、ひらいてみると覚えのない、しかもこれは張皮籠《はりかわご》、こちらの荷は衣類の藤行李《ふじごうり》。

「さては、木の実に気をとらせ、取りかえて逃げたか、あるいは、ただの手違いか。

いずれにせよ、追いかけて取りかえします」

と駆けだすところへ、むこうより、あたふた戻るさっきの男、

「ああ、まちごうた、ごめん、ごめんやっしゃあ」

といいつつ包み差し出し、

「日暮れも近う、こころも急《せ》いて、同じ色の風呂敷やさかい、重い軽いに気もつかず、
そそっかしゅう取りちごた。途中でふっとこころ付き、取ってかえしてまいりました。

まっぴらごめん、お許しくだされ」

顔に似合わず手をすりお詫《わ》び。

小金吾はほっと落ち着き、

「手違いならば文句もないが、万一なくなったものあらば、許さぬが、承知か」

「そらそや、まちがいあれば胴首は生き別れ。ええようになさいませ」

「そのひと言で、疑うこともなかろうが、なか確かめて受けとるぞ」

と包みをひらき、確かめてみれば、一切変わらずもとのまま。

「たしかに、手違いにちがいない、結構、あなたの荷物も、もっておいきなさい」

床几に残る風呂敷包み、渡すと、男は受け取り不思議顔。

「この、くくってあった包みが解《ほど》けてあるのは？」

「いやそれは、さっき替わったようにおもい、もしや、とちょっとみただけで」

という間にひらく張皮籠、引きちらかして袷《あわせ》の袖《そで》、浴衣《ゆかた》のあいだを探しみて、びっくり仰天、荷を打ちふるい、

「こりゃどうや、こりゃないわい、ないわないわ」

ときょろきょろ目玉。

「なにがない、なにをなくした」

と、まわりも心配し、目を配る。と、先からたくらむいがみ男、腕まくりして、

「おう、前髪はん、この皮籠のなかにはな、ひとに頼まれ高野へあげる上納金、二十両、はいってあった。おい、くすねたな、くすねよったな、さあ、出した出した出した！　はよ出さんかい！」

思いもよらぬ難題に、小金吾むっと、刀の反りをかえすと、

「この下郎め、武士にむかって何がなんだって。も一度いってみろ！」

血相かえてもびくともせず、

「ぬすっと猛々《たけだけ》しい、そんな高ゆすり、くうてたまるか！　錆刀《さびがたな》ひねりかけ、脅しかかって、この場ぁ切り抜けるつもりか。そんなほろ甘いことは、春水のぬるむ頃にでもしとけ！　たった二十両で、お縄の首にかからんうち、四の五のいわんと、おら、

出した出した出した！」

　と、ゆすりたかりのねだり者。

　もう堪忍ならんと抜きかけた小金吾、お供するふたりの姿をふりむき、じっとこらえ、胸なでつけて、

「なあ、きっとあんたの思い違いだよ。見てのとおり、足腰弱いかたがたを連れての道中、たとえ何万両落ちていようが、目をとめる余裕なんてあるもんか。も一度、そっちでようく調べて……」

　と、最後までいわせもせず、

「その足弱連れが、盗みのつけめやろ！　まさか、とおもわせて、ぬけぬけとやるのが、当世のはやり。なに、何万両もいるかい、いるんは、たったの二十両じゃ！」

「じゃあどうしても、こっちが盗んだと」

「知れたこっちゃ」

「うう、盗んだ証拠は」

「この皮籠の紐《ひも》なんで解いた？　おどれ、手前の荷物になくなったものあれば、許さんとか、ぬかしよったな。その理屈どおりじゃ。さあ出せ、出さんかい！」

　いい詰められて小金吾も、もうこれまで、と刀を抜き放す。

内侍は慌て、抱きとめて、

「わかります、が、ここは！　短気にまかせてことを進めては、わたくし、さらに、この子にまで、ともに難儀がふりかかる。くやしいでしょうが、ここは堪忍、あののものいうとおり、穏やかにすませておくれ。足弱連れを災難とおもい、どうか胸をしずめて」

涙にくれておっしゃるのを、血気にはやる小金吾も、見るにしのびず、

「世が世の時であったなら、ずったずたに刻《きざ》み斬《き》ってもあきたらぬ野郎！　が、なんというてもわれらは、茅《つばな》の白い花穂が揺れただけでも、はっ、追っ手か！　とおびえる身の上……おっしゃるとおりにいたします、えい、くやしいて、くやしいて……」

お供する、大切なおふたりの身の上ゆえ、無念をこらえ歯がみする。

そこにまたつけあがり、

「二十両の金、ふところにホカホカいれて、あ、その面なんじゃ。ホーウ、こわいこわい！　この鰯刀《いわしがたな》で斬るか？　その目で脅すか？　どや、前髪、ひと筋ずつ抜いたるぞ。金はもうどこぞへやったんか？　おお、連れのおなごからさがしたろか」

弱みにかかるところを小金吾が、首筋つかんで引き戻す。用意の路金、いわれるだけ出し、睨《にら》みつけ、

「大切なおふたりのため、くそっ、二十両、だましとられてやる！　持って失《う》せろ！」

と投げつければ、騙《かた》りの習い、金見るや、目に仏なく手ははやく、拾いあつめてぴったり耳そろえて数え、

「ああ恐ろし、この金、すんでのところで、あのガキ侍に、かっぱらわれるところやったわ！」

とへらず口。

「そ、その顎を……！」

詰め寄る小金吾を、内侍はおさえ、さあ、何事もないうちに、と若君引き連れ、先に発《た》たれてはしょうことなく、あとにつづいて小金吾も、無念をこらえて上市《かみいち》の、宿あるほうへと急ぎゆきます。

「たとえ百回にらまれようが、一度が一分につきゃあせんわい。うまい仕事や！」

といがみの権太《ごんた》、金ふところに押し入れて、賭場へ向かおうとする、その前にすっと、茶屋の女房が立ちふさがり、

「これ権太はん、どこいかはる」

「小仙《こせん》か。わりゃ、店あけてどこいっとった」

「うちは旅のひとの頼みで、坂本《さかもと》まで、おくすり買いにな」

「お、そりゃちょうどよかった！　われがいとったらまた邪魔しよったやろに。おらへんかったおかげで、上首尾や！」

　という胸ぐらを、取って引きよせ、

「あんたな、騙りさせよ、とおもて、出かけたんやないで。さっきはな、薬屋さんから戻りかかったところで、やいのやいのと店先で大騒ぎ。いま出てったら、おまはんの騙りがはっきりばれてもて、どんなことになるやもしれん、そない思て、あっちの松陰できいとった。ああ、おまはん、ようもあんな、おっそろしいことしはったもんや！」

　と女房。

「顔かたちは産めても、こころは産まれへん、そないいうとおり、あんたのお父はんは、この村でも顔の利く、釣瓶鮓屋《つるべずしや》の弥助《やすけ》の弥左衛門《やざえもん》さま。その弥左衛門さまに見限られて勘当同然、御所《ごせ》の町におった頃はまだ遠かったからしゃあないけど、先月から、この同じ下市の村に住んでいるというのに、おまえが嫁か、おお孫か、とお近づきになられへんのは、みんなおまはんの、腐った性根のせいや。そのうち、いがみの権太に箔《はく》つけて、騙りの権太、いわれまっせ。な、この善太郎《ぜんたろう》が、あんた、かわいないのんか？　博打《ばくち》の元手がいるんかいな、そやったら、この子やうちを売るなりして、あんな騙りはもう二度とせんといてくなはれ。ほんまに、どういう因果で、おまはんはここまで堕《お》ってもうたのやら」

　とりつき嘆くを突きとばし、

「すっこんどれこのあま、世迷《よま》い言《ごと》ぬかしよって！　俺が盗み、騙りのもとは、みんなわれから起こったこっちゃないか！」

「またどえらいことを。そりゃまた、どないして」

「どないして？　おぼえあるやろ。俺ぁ十五の年に元服して、親父《おやじ》の使いで、鮓の商いにでかけた御所の町で、隠し女郎のなかに、おのれの振り袖姿を見かけ、しゃちはこ並みにのめりこんだんが運の尽き。昼も夜も、ふかぶか添うて寝てばかり、そのうち一銭もなくなって、家のへそくり盗み、店の勘定、得意先の売り上げ、なんでも盗みだし、身代半分、使いに使いまくったった！」

　と権太。

「な、わかったか、親父が俺をほりだしたわけが。さらにやな、ちょうどそのとき、女郎のわれの腹んなかにこのがきができたやろ。女郎屋のおやじにゆすられた身請け金、この村の年貢米を盗んで立て替えといたら、それがばれてもうて、もう首が飛ぶところを、その全額、阿呆《あほう》な庄屋が年割りにしよって、毎日まいにち催促にきよる。さっさと支払い済まそうと博打うちだし、そのうち出世して、小ゆすりやら騙りやら。こないだも、親父の家に家尻《やじり》切りにはいったったが、妹のお里《さと》と店の男めが、夜通しべたべたしくさって、とんと間ぁが悪く、忍びこまれもできへんかった。それが、今日の間ぁのよさや！　この勢いで、お母んの鼻毛くすぐって、二、三貫目せしめてきたろ！　酒買うて待っとれ！」

幼子をふりむき、

「おいおい善太ぁ、日ぃの暮れから寝とんなよ。徹夜でけんと、わいの跡目はつがせへんぞ」

いって立つのを、女房とりすがり、

「まだこの上に、おかあはんからだましとるやて！　あんまりや、ひどすぎるで！　な、おまはん、今夜はうちにいてておくれや」

すがるを聞かず、蹴りとばすを、

「ね、ほら、善太も、とめておくれ！」

と母のことばに、利口な善太は、

「とうさん、な、うち帰ろ」

と手首にまとい、子があとを追う蔦《つた》かずら。手首つかまれるのは、盗みの仲間内では、小手縛り、と呼んでいやがるもの。しかも血筋のいと縄で、

「えい、気色わるい、でなおすか」

と権太、鬼でも子には引かされる。

「にしても、冷たい手ぇやの」

善太の手をつつみ、女房とともにうちへと帰ります。

小金吾《こきんご》討死《うちじに》の段

夕陽《ゆうひ》の西へ入る折から、主馬《しゅめ》の小金吾《こきんご》武里《たけさと》は、上市村《かみいちむら》にて朝方《ともかた》の、追っ手の人数にとりまかれ、数カ所の傷を負いながら、内侍《ないし》と若君のお供をし、ひとまず都へもどることにしました。が、あとにつづいて数百人、逃さんぞ、いかすものか、と追ってくる。手傷は負っても、気は鉄石《てっせき》の小金吾が、死にものぐるいと思いの刃《やいば》、ここに三人、かしこに七人、はらりはらりとなぎ倒し、その身は赤く、秋の花紅葉に染まり、敵は木の葉を散らすようにばらばらに。そのあとへ、追っ手の大将、猪熊大之進《いのくまだいのしん》、遅ればせに駆けてくると、

「やい、死に損ないめ、どこへいく。先だっては奥嵯峨《おくさが》で取り逃がし、わが主人、朝方公のご機嫌は下の下の下。すごすご館にも帰られず、あの庵《いおり》の尼に白状させ、この街道をつけまわし、ようやっと見つけたわい！　さあ、維盛《これもり》の奥方、若君を渡してから、さっさと腹かっさばけ！」

と呼ばわります。

手負いの小金吾、流れる血潮をぐっとひと呑《の》み、息を継いで、

「主馬の判官《ほうがん》の息子、小金吾武里！　息あるうちは、まあだまだよ！」

「それが最期の息よ！」

と、躍り上がって打つ太刀を、ちょうと受けとめ、はっしと撥《は》ね、ひらりと見せてはくるりと外し、手練《しゅれん》を尽くすが、さすがに手負い。内侍も若君も、あぶあぶ、ひやひや、息をのみ、小石拾って砂投げつけ、へっぴり腰で加勢する、その一念の力で、手強くみえた猪熊の目に、砂がはいって目当てはくらやみ。

が、砂や小石の飛んでこないその間に斬り込んだ、猪熊のだんびら刀。小金吾は、眉間《みけん》を割られて頭転倒《ずでんどう》、乗りかかろうとする猪熊を、下より突き上げ、切っ先はあばら骨にぐさり！　小金吾そのまま反り返り、猪熊起きれば石つぶて。猪熊斬られて小金吾も、ともに深手の四苦八苦、眼前にひろがる修羅の巷《ちまた》。

うまれついての忠義者、小金吾は、ついに相手を取り押さえ、ぐっと突っ込むとどめの刀！　ああやった、やっと仕留めたと、思った気のゆるみからか、うっ、と自身も倒れ伏す。

「ああ、しっかり！」

内侍、若君は、抱き起こした小金吾をいたわり、

「ああ、小金吾、小金吾や！　気をはっきりもって、しっかりして！　あなたがいなくなったりしたら、わたしやこの子は、いったいどうなるの！　小金吾！」

泣き入るその声、耳に通り、手負いの小金吾顔をあげて、

「……内侍さま、六代《ろくだい》さま、あきらめてくださりませ。心だけははやっても、からだは、もう、きかず……。わが君、維盛さまは、以前から御出家をおのぞみでした。熊《くま》野浦《のうら》でおみかけした、というものがありましたから、高野山《こうやさん》をめざし、おふたりをお連れしましたが、もはやこの傷では、一歩も動けません……。若君さま、ようお聞きくだされ、あなたさまが、内侍さまをお連れするのです。高野山のふもとの、神谷《かみや》の宿《しゅく》というところに、内侍さまをお残しして、あなたはひとり、ひとをたずねて山へと登ってゆくのです。ひとに会うたら、父の名前はいわれませんが、仏門にはいったばかりのご出家で、と、そんなふうに尋ね歩いて、維盛さまをお探しください。西も東

も敵のなか、平家の公達《きんだち》と、けしてさとられませんように……。お命めでたく生きながらえ、ご成人されたのち、はばかりながら、ふと小金吾のことを思い出されたときは、どうか、一滴の水、一枝の花を、手向《たむ》けてくださいませ。冥途《めいど》へとどく、ありがたい、ご恩賞となりましょう。ご成長、お待ちもうしております。名残《なごり》惜しくはありますが、小金吾、これでお別れ……」

と切なき息づかい。

若君六代とりすがり、

「死ぬなよう、小金吾、おまえが死んだりしたら、おとうさまには逢《あ》えないよう」

お泣きになるのに、内侍はせきあげ、

「ほら、お聞き、この子のうちでも、おまえひとりが頼りなのよ。維盛さまに逢うまでは、死なない、死んでたまるかと、なぜ思うてくれない。一門は残らず滅び、広い世界に敵ばかり。わたしたちふたりで、いつまで永らえておられましょうか！　ならば、いっしょに殺してちょうだい！」

お嘆きになるのを聞き、手負いの小金吾、涙にくれて、

「先代の主君、小松《こまつ》の重盛《しげもり》さまは、日本の聖人。若君はそのお孫様。神々、諸菩薩《ぼさつ》の、お恵みがきっとございます。将来に望みをかけ、けして短気をお出しなされませんよ

うに。あっ、ごらんなさい！ むこうに提灯《ちょうちん》の灯が！ 新たな追っ手かもしれません。若君といっしょに、早う、早うにこの場から！」

「いやいや！」

と内侍。

「深手のおまえを見捨てて、どこへいけばいいというの。死ぬならともに」

と座り直されるのを、

「ああ、ふがいない！ 六代さまが、お大切ではないのか！ これぐらいで死ぬ小金吾ではありません。が、お聞き入れいただけないなら、いますぐ切腹！」

「待って、待って！ 待ちなさい！ そんなにいうなら、わかったわ、先に逃げましょう。ぜったいに、死んではだめよ」

「ご安心を、強運ですから。すぐに追いつきます」

「必ずよ、待っていますよ」

という間も近づいてくる提灯の、火影《ほかげ》をおそれ、しかたもなく若君を連れて、逃げていかれる内侍の、その心根のいたわしさ。

手負いの小金吾、御あとをみおくり、みおくりつつ、

「死なぬは嘘《うそ》。三千世界の運を借りたって、この傷で、なんで生きていられるものか。

内侍さま、六代さま、これがこの世の、お別れ……」

と、思うこころも断末魔。いまが末期のとき、暮れ六つを過ぎ、朝の露にと消え果てる。

やがてやってくる提灯は、この村の五人組、なにやらざわざわ話し合い。山坂の分かれ道に、庄屋がたちどまり、

「なあ、弥助《やすけ》の弥左衛門《やざえもん》はん、あんたは鮓《すし》商売やよって、念押す上に、さらに押しかける性格。さっき会うた鎌倉のさむらいめは、よう知られたげじげじの梶原景時《かじわらかげとき》。あんたの耳をべろべろねぶり、はげるくらいに耳打ちしよったが、あんた、かしこまった、かしこまりました、いうて、むやみやたらに請けおうとったな。ありゃ、なんぞ覚えのあることとやったか」

「むろんな。あんたらも、ふだんからの俺の性根知っとるやろ。たとえ血を分けた倅《せがれ》であっても、一度見限ったなら、門の端っこさえ踏ませへん。この弥左衛門、いったん正座したら、膝《ひざ》が砕けようがしびれ切らさへんで」

と鮓屋の弥左衛門。

「さっきの耳打ち、あとからの言い付けが、えらい耳よりな話でな。嵯峨の奥から逃げてきた、子連れ女と大前髪のさむらい、この村へはいりこんだと、追っ手から知ら

せがあったそうな。ほんであの、げじ殿が甘い汁すする気で、つかまえたなら、褒美《ほうび》を出す、と。な、ええ話やないか、なあ、みんな、気ぃ張って探すで！」

「そりゃええなあ！　そんな話やったら、あんたの子ぉの、いがみの権太《ごんた》にも頼むか」

　と庄屋たちは先だって、山道をめいめいに進んでいきます。

弥左衛門、坂をくだっていく途中、手負いの誰かにばったり躓《つまず》き、はっと飛《と》び退《の》きます。気味悪がりつつ提灯ふりあげ、そろそろ近寄ってみますと、

「こりゃむごたらしい、えらい斬《き》りよったなあ！　旅のひとのようやが……追いはぎなら、丸裸にしそうなもんや。路銀をあてに、強盗の仕業か」

　悪い息子をもつ親の身は、いろいろと心配ばかり。

「これ、これ、旅のおかた」

　呼んでもこたえは返りません。

「ああ、もう死んでしもたか。かわいそうに、どこのひとやろなあ。ずいぶんと老《ふ》けた角前髪《すみまえがみ》やが……。袖《そで》振り合うも他生《たしょう》の縁。なむあみだぶつ、なむあみだ、なむあみだぶつ」

　と回向《えこう》して、とかく浮き世は老少不定《ろうしょうふじょう》、哀れを見るも仏の異見、ひとは歪まずまっ

すぐに、後生の種が大事やと、思い念じ、行き過ぎかけたところ、なに思ったか立ち止まります。

とつ置いつのにわかの思案、そろりそろりと立ち戻り、あたりを見わたし、見まわして、抜き身刀を拾い取るや、死に首ばっしと打ち落とす。提灯吹き消し、首ひっさげ、すまんな、と弥左衛門、まっすぐな道も横にそれ、わが家をさして帰りゆく。

鮓屋《すしや》の段

春の来ぬうち花やいだ、娘の漬けた鮓《すし》ならば、「なれ」よかろうと評判よし。風味もよしの、下市《しもいち》に、売って広めたこの地の名物。釣瓶《つるべ》鮓屋の弥左衛門《やざえもん》が、留守のうちにも商売に、抜け目のないこの内儀。その両親が早漬けに漬けた、娘のお里《さと》は肩だすき、裾《すそ》に前垂れほやほやと、愛に愛もつ鮎《あゆ》の鮓、押さえて締めてなれさせます。うまい盛りの振り袖が、釣瓶鮓とは似つかわしい。

締め木に栓を打ちこんで、桶《おけ》かたづけて、

「ねえお母はん、きのうお父はん、いうてはったでしょ。明日の晩、うちの弥助《やすけ》と祝言さすさかい、晴れて夫婦《みょうと》になれるで、て。あないいうてたのに、日が暮れてもまだお帰りになられへん。あーあ、嘘《うそ》やったんかなあ」

「なにいうとんの、嘘なことあるかいな。あの弥助な、器量のよさをみこんで、熊野《くまの》参りから連れて戻ってこのかた、うちのこと任せて、お父はんがずっと店に置いてはるんは、ずっと前々から、あんたと夫婦にしょうと、こころづもりしたはったからやないの。気もこころもじゅうじゅう知れた、いうて、自分のもともとの名前の、弥助まで譲って、自分は弥左衛門に変えはったくらいやで！　今日はな、急に役所から呼び出しがあって、思いもよらん用事がでけたんや。迎えにやろにも、いまは店に誰もいてへんし」

「そやねえ、折悪いことに弥助さんも、ほうぼうからお鮓の注文あって、仕込みの桶が足らへんと、空き桶とりにいかはったし。ま、もう戻ってきはるおもうけど」と噂《うわさ》半ばに、空き桶をにない、戻ってくる男の身のこなし。利口で伊達《だて》で、色も香も、知るひとぞ知る優男。娘が好いた厚鬢頭《あつびんあたま》、冠かぶせてもまんざらでなし。

家へはいる間も待ちかねて、お里は嬉《うれ》しげに、

「あ、弥助さんが戻らはった。待ちかねたわ、遅かったんね。もしかどっかへ寄り道かと、あれこれ気ぃまわしたわ」

女房顔していってみる、さすが鮓屋の娘、なれが早いとみえます。

母はにこにこ含み笑いで、

「弥助どの、気ぃにかけいでくださいや。この吉野《よしの》の郷《ごう》は、弁天はんの信仰やさかい、夫を神とも仏とも敬いなさいと、天女の掟《おきて》がありますん。そのぶん逆に、悋気《りんき》も深うてね。まあ、いうてみりゃ、この親の、この子ぉです、瓜《うり》のつるに茄子《なすび》はならんとか」

いいかけます。

「いや、まあ、かえって申し訳ありません」

と弥助。

「万事お世話くださったその上、大切なお嬢さまと、夫婦にまでしていただけようとは、お礼のしようもありません。ただ、とりわけあなたさまは、弥助どの、弥助どのと、殿つけていわれて、かえって心苦しく、やっぱり、弥助、どうせい、こうせいと、おこころ安う、おっしゃってください」

「いやいや、それは堪忍しておくれ」

「そりゃまた、なんででございます」

「よろしいか、弥助という名はこれまで、旦那《だんな》さまの呼び名やろ。殿づけせず、どうせい、こうせいと、もったいのうて呼びにくい。いいなれたとおり、殿つけさせておじんでいます。

くれや」

夫を心から大切にと、思う掟を幸いに、娘へこれを聞こえよがしの、母の慈悲がに

お里、弥助が空き桶を、板間にならべているところへ、この家のあとつぎ、いがみ

の権太《ごんた》、門口から太声で、

「おかあはん、なあ、おかあはんて！」

呼ばわりながらはいってきます。お里は驚き、

「え、にいさん……よう来はったね」

ともみ手で迎えます。

「その面なんじゃ、きょときょとしおって。よう来たがびっくりか。わりゃ、弥助と

うまいことしてるそやがな、おい、弥助もよう聞いとけ！　いまは、追んだされとっ

たにしても、この家のもんはな、かまどの灰まで俺のもんや、今日はあの、毛虫親父《おやじ》

が、役所へいったと聞いたによって、ちと、おかあはんにいうことあって来た。ふた

りとも、奥へ去《い》ね」

にらみまわされ、うじうじと、

「ごゆっくり」

といって立つ弥助、娘をあとに引き添えて、奥の間へとはいっていきます。

残った母はため息ついて、

「この子はまた、留守をみて無心にきたか！　性懲《しょうこ》りもない阿呆《あほう》もの、おまえのその心根のせいやで、嫁子がおるのに、この家に、足ぶみひとつさすこともならん。きけば、なんや、三人でこの村に来とるそやないか。互いに顔も知らんよって、すれちごうたかて、嫁やら姑《しゅうとめ》やら、見分けもなんもつかへん。あきめくら、目つぶれと、世間さまからいわれてまうわい。ああ、面目もない！　この、不孝もんが！」

目に角《かど》を立て、常とはかわった不機嫌に弱り、いがみの権太、調子を切り換え、

「いえいえ、おかあはん。今晩来ましたんは、無心ではおまへん……。じつは……おいとまごいに」

「は、なんやて？」

「わしは、遠いところへ行きますよって……。親父さまもおかあはんも、くれぐれもお大切に、お元気で、おくらしを……」

としおれかけるのに、母は驚き、

「遠いところて、なんのこっちゃ。どこへ、なにしにいきよる」

と詳しく訊くのはだまされるとばっ口。

「さあ、してやったわ」

と内心で権太、向きなおって目をしばたたき、

「親のものは子のものと、おかあはんだけには、しょっちゅう無心はしても、これまでひとのもんには、箸《はし》のかたっぽさえつけず、道に背くようなことは、一切してきまへんでしたが……それが、親不孝の罰でっしゃろか、ゆんべ、わたくし、大泥棒に遭いまして」

「ひゃあ」

「そのなかに、代官所へおさめる年貢の銀《かね》がはいっておました。三貫目、っちゅう大金、みすみす盗《と》られ、なんのいいわけもたちまへん。もう、しかたおへんのや。お仕置きにあって恥をさらすより、いっそのこと……わし、もう、覚悟決めましたんや！

……つくづく、情けない目にあいましたわ……」

と、かます袖《そで》を顔に当て、しゃくりあげても出ぬ涙。鼻が邪魔して目の縁へ、届かぬ舌がうらめしい。

甘い親、なかにもわけて母親は、まことと思い、ともに目をすり、

「鬼のこころは正直というけどな、年貢の銀を盗まれ、それで、自分から死のうっちゅう覚悟、まあえらいわ！　災難に遭うたんも、じつのところ、まわりまわって親の

罰やで、思い知りや」

「あい、あい、じゅうじゅう思い知ってはおります、けど……やっぱし、どうでも、死なんとあかんのでしょうなあ」

「……やい」

「あい、あい」

「あのな、いつものおまえの性根からして、これも騙《かた》りかしらへん……しらへんけど、ほれ、これは形見分けにと思てた銀……。親父どのには黙っといたるからな、これでふっつり、性根なおすんやで」

そろそろと戸棚へ向かいます。子のために盗みを働く母親の、大甘な錠《じょう》。もたもたと開けにくく、隣から権太、

「キセルの雁首《がんくび》で、こちこち叩《たた》いたらどないです？」

と、やり慣れた子の、自らの手口を教える親不孝。親はわが子がかわいさに、地獄の種の三貫目、跡をごまかし持って出て、

「なんぞに包んでやりたいが」

母の甘さに限りはない。

「へ、ひとのええこっちゃ」

とほくそ笑む権太。

鮓の空き桶、よい容《い》れもの。

「ここへ、ここへ」

と親子して、銀《かね》を漬けたるこがね鮓、蓋《ふた》しめ栓しめ、

「さ、ええわ。これで目立たん、提げていき」

母子が工夫の最中へ、甘さとは無縁の爺親《てておや》、弥左衛門が帰ってまいります。こちらも事情を抱えた道行きの帰り、あわただしく門口を、

「戻ったど、おい！　はよ開けい！」

と打ち叩く。

「しまった！　親父や！」

と内のふたりは転倒、うろたえまわり、

「その桶、ここ、ここへ置いとき！」

と空き桶とともに並べ、母子でひそひそ別れ別れ。母は奥の一間へ、子はのれん口に息をこらして身をかくします。

「なんで開けへんのじゃ！」

叩きつづけていると、そのうち、奥から弥助が走り出て、戸を開けます。はいって

きた弥左衛門は、不機嫌たっぷりに家内を見回し、

「どいつもこいつも寝とるんか。いいつけた鮓は全部、しこんだあるやろな！」

と鮓桶を、提げたり開けたり、がったがったと。

「いうほど進んでへんやないか。女房どもやお里めは、なにしとる」

「いま奥へ、呼んできましょ」

と、行きかける弥助を、弥左衛門は引きとめます。そうして、家の内、さらに外を、とっくりとっくりみまわすと、表の戸を閉め、上座に座らせてから手をつき、

「あなたさまのお父上、小松《こまつ》の内大臣、重盛《しげもり》公のご恩をうけたこのわたくし、屋島《やしま》の戦のあと、行方《ゆくえ》の知れへんその御子、維盛卿《これもりきょう》はどこへやらと、思っておりました折から、なんと熊野浦《くまのうら》で、あなたさまに、めぐりあうことが叶《かな》うとは！　公家髪を御月代《おんさかやき》に剃《そ》り、このぼろ家へお連れいたしてこのかた、ひと目をごまかすためとはいえ、下部《しもべ》の奉公などにお使い立てし、あんまりにももったいないこってござります！」

と弥左衛門。

「女房にだけは子細を語ってあります。今宵《こよい》の祝言も、胸のうちでは、娘をお床の奉公に、さしあげるつもりで。わしの賤《いや》しい名をお譲りしたのは、弥助と書いて、いよいよ、助かる、とも読みますからな、そのおまじないでおます。あなたさまのことは、

誰にも知られてへんと思っとったところ、本日、鎌倉より梶原平蔵景時《かじわらへいぞうかげとき》がまかりこし、維盛卿をかくまいおるかと、きつい詮議《せんぎ》がありましてな。そこは弥左衛門、烏《からす》を鷺《さぎ》と言い抜ける口で、なんとかうちまで帰りつきはしましたものの、悪がしこい梶原のやつめ、ひょっとしたら、ここまで取り調べにきよるかもしれまへん。なに、策は練ってありますが、油断は怪我《けが》のもとですし、どうか明日からでも、わしの隠居先、上市《かみいち》村《むら》のほうまで、おでましくださいますよう」

と申し上げれば維盛卿、

「父重盛の厚恩をうけたもの、幾万人。数かぎりなきそのなかに、おまえほど恩を知るものがあったとはな。昔はいったい、なにをやっていた」

「海賊でおました。平家の世が盛りの頃、日本から中国の硫黄山《いおうさん》へ、上納金をお渡しなさったとき、音戸《おんど》の瀬戸《せと》から船を出し、三千両の金、ぶんどって分けた船頭で」

と弥左衛門。

「裁きにかかれば、たちまち命はないところを、ありがたくも重盛さまが、『日本の金、中国なんぞへ渡す自分こそ、じつは日本の盗賊じゃ』と御身の上を悔やまれ、お助けくださいましてな。そのままなんのお咎《とが》めも受けず、この山家へ流れついて、鮓屋商売をはじめました。しばらくの間は、日々気楽に暮らしておりましたが、親の悪事が子に報うたのか、倅《せがれ》の権太郎め、盗みに騙りの小悪党で、ひとにはよういいまへんが、こころのうちでは、思い知った身の懺悔《ざんげ》、いや、お恥ずかしいかぎりですわ」

「と語るにつけ維盛も、栄華の昔、父のこと、思いだされて御膝《おひざ》に、落ちる涙のいたわしさ。

いっぽう、娘のお里はといえば、今宵待つ、月に住むかの相手に焦がれ、寝道具かかえて立ち出てきます。弥左衛門、はっと涙目をかくし、
「ええか弥助、いまいうてきかせたとおりや。忘れなや、上市村へいくんやで。今夜はここで、このお里とゆるゆる過ごしや。かかあと俺とは離れ座敷へな。しおれた花の匂いものうて、おまえらも気楽やろ」

とうち笑い、奥へいくのを見送って、娘は嬉しげに、
「さすがお父はん、気ぃきかはるわ！　はなれ座敷にいたはるんやったら、ここでなにしようがきこえへんわね。ふふ、お餅《もち》つきでもします？　ああ、おかし！　さ、もう、したい放題よ、ぞんぶんに花散らしましょ！」

ふとん敷きます。

維盛卿は、つくづくとわが身を振り返り、思いはまた都の空へ飛んでいく。若葉《わかば》の内侍《ないし》や若君の姿ばかり思い出されてなりません。こころは晴れず、気は浮かず、悄然《しょうぜん》

とうつむいた顔の風情を、思わせぶり、とお里は受け取り、

「ねえ、ねえ、辛気《しんき》くさいやない！　なあに、うぶな心配したはんのん！　二世も三世も、かための枕、ふたつ並べときましたで。ね、こっちに寝ましょ」

先にころんと転がり寝、恋の罠《わな》をしかけたつもり。

維盛、にじりにじり、枕元に寄ると、

「今日までは、かりそめの恋。が、夫婦となれば、もはや解《ほど》けぬ二世の縁。その縁を、たったひとつの故あって、わたしには、どうあっても結ぶことができない。じつは……わたしには、国に残してきた妻子がある……。貞女両夫にまみえず、というだろう。その掟は夫の身も同じ。申し訳ないが、二世の契りは、どうか勘弁しておくれ」

さすがに平家の嫡男。うちとけた様子にも、どこかしら、父重盛公の気配が漂っている。

そのときです。神でも仏でもない身、維盛卿の妻、若葉の内侍は、まさかこの道がそこへ通じているとは夢にも知らず、ただ道に迷い、さまよい歩いておりました。どこか泊まれる場所へ若君を預け置き、手負いの小金吾《こきんご》の介抱を頼もうと、思いよるその身が、縁《えにし》の糸の端につながります。

一軒の家をみかけ、若葉の内侍は戸を打ち叩き、

「どうか、どうか！　一夜の宿を！」

それをきくや維盛は、ちょうど間のよい引き潮と、表のほうへ歩み出ると、叩く扉に声を寄せます。

「申し訳ないが、この家は、鮓商売。宿屋でないのです」

無愛想がかえって愛想にひびく。

「なんとか、お願いできませんか！　子連れで、旅をしております。どうか、ひと晩だけ！」

そう返ってきた声に、面と向かい、あらためて断ろうと、戸を少し押し開いた月かげに、内侍と六代《ろくだい》君の姿が浮かびあがった。維盛は、はっ、と戸を閉めます。家のうちにいる、娘の手前を気にしながらも、寝入っているとみて、戸口にそろそろ目を寄せ、ごらんになったとたん、離ればなれだった夢と夢とが結ばれる。

表では、内侍もぞわぞわ胸を騒がせ、

「い、いまのお顔、どことなく旦那さまと、似ているようにとおもったけれど……でも、あの身なりは？　月代剃った下男？　まさか！」

瞬間、戸を押し開いて、維盛卿が飛びだしてくる！

「若葉の内侍！　六代！」

という声に、

「ああっ！　ほんとうに、旦那さま！」

「おとうさま！」

「ああ、会いたかった！」

互いに取りすがり、三人はことばもなく、ただ涙にくれるばかり。

まずはなかへ、と維盛は、ふたりをそっと連れ込み、

「今夜はとりわけ、都のことばかり、思いおこして過ごしていたが、三人とも息災で、こんなふうに再会できるとは、返す返すも不思議なことだ。わたしがこの家にいると、誰が、どのようにして知らせた。それにまた、こんなにも長い旅の道のりを、供のものひとり連れていないとは、いったいどうしたわけなのだ」

尋ねられて若葉の内侍、

「都でお別れしてからは、須磨《すま》や屋島の戦の知らせを耳にするたび、あなたさまのことを案じておりました。一門残らず討ち死にときいて、悲しみの淵《ふち》に沈み、嵯峨《さが》の奥まった尼の家で、泣き暮らしてばかりいた折から、戦を生き延びた維盛さまが、高野《こうや》山《さん》とやらにいらっしゃるらしいと、そんな噂を耳にいたしました。そこで、小金吾をお供に連れ、あなたさまを探し求める長旅の道々、討手《うつて》に追いつかれてしまったので

す。かわいそうに、小金吾は深手を負ってしまい、道で別れてまいりました。頼り手もなく、力もなくさまよってきた果て、このように巡り会え、こんな嬉しいことはありません……が、三位《さんみ》の中将《ちゆうじよう》、維盛さまが、まさかこのようなお姿とは、いったいどうされたのですか。袖のないこの妙な羽織、さらに、そのおつむり」

取りすがってむせび、泣き入るのを見て、維盛も面目なく、額に手を当て、袖を当て、ただじっと黙りこんでいます。

涙を流しながらも、若葉の内侍は、ふとんに伏せったままの娘に目をとめ、

「おや、若い女性が寝入ったところね。枕もちゃんと、ふたつ並べて。たぶんに、懇《ねんご》ろなお相手とおみかけいたしますが、こんなにもごゆるりとお暮らしなら、都のことも、多少は思いやってくださって、便りのひとつも送ってくだされぱよいものを。ずっとうち捨てておくとは、あんまりではありませんか」

と恨みをかこちます。

「むろんこころにはかかってはいた。が、送った書状が、敵の手に落ちる恐れもあるだろう」

と維盛。

「それに、この家の弥左衛門という男がな、父重盛への恩返しと、親切に、夫婦でじ

ゆうじゅう手厚く、わたしを助けてくれたのだ。その情に、なにか返礼ができないものかと、思いはじめた折しも、娘から恋慕をかけられ、つれなくあしらっては、気おちした娘の身に過ちがあるかもしれぬ。恩がかえって仇《あだ》になってはと、仮のちぎりは結んだものの、女性というもの、嫉妬《しっと》に迷い、大事をもらすことがある。弥左衛門にも口止めして、娘にはわたしの本名や身の上は知らせてはいない。両親への義理もあって、あくまで仮の身分として、これまで枕を重ねてきたのだ」

と語るのをきき、伏していた娘は我慢できず、

「わあっ」

とばかりに号泣。

「な、なんなの」

内侍はおののき、若君を連れ、逃げだそうとしたところ、

「あっ、お待ちください」

涙にくれながら、お里は駆けよると、

「どうかこちらへ」

と、内侍と若君を、部屋の上座へ座らせます。

「わたしはお里というてこの家の娘です。ふしだらもの、憎い女と思われるでしょう

が、どういった事情でこないなったか、いま申しあげます……。今年、春が過ぎるころやろか、この地味ないなか村に、絵に描いたみたいな男前がやってこられまして。それを、まさか、維盛さまやなんて思いもせんうち、このうちが、女の浅いこころから、かいらしわ、いとしいわと、思いだしたんが恋のはじまり。おとうはんもひどい、かかさまも、夢にも知らしてくれはったなら、たとえ焦がれて死んだとして、雲にも近い御方へ、鮓屋の娘が惚《ほ》れますかいな……」

とお里。

「とはいえ、一生涯連れ添う殿御やと、思いこんではおりましたのんに、いきなり、二世のかためはでけへん、しかも、親への義理で添うた、やて。ああ、情けのないお情けに、あずかってしもた……」

どっと伏せ、身を震わせて泣いております。

維盛卿は申し訳ないあまりの、内侍は納得しての、もらい泣き。涙のかわく間もないうち、村の役人が駆けて来ます。戸を叩き叩き、

「これこれ、もうじき、梶原さまがいらっしゃる。うちんなか、掃除しときなはれや」

と言い捨て帰っていく。

そこにいるみな、はっと涙も乾き、どうしようか、とにわかの仰天。お里はすぐに思いつき、口調も焦り気味に、

「まずは、おとうはんの隠居屋敷、上市村へいかはったら」

維盛は首を振り、

「そう、そのことは弥左衛門にもいわれていたがな。もはや平家の運命は前へ開かぬ。捕えにくるものを迎え、いさぎよう腹かっ切《き》るわい」

身ごしらえをはじめる。内侍は悲痛に、

「ほら、この六代のいたいけさを思いなしてくだされ。ここはひとまず」

と、むりやり引っ張っていく手に、維盛も、子に引かれる後ろ髪、しょうことなく、その場から逃げ落ちる。刃《やいば》の上の綱渡り。

「お触れにあった、内侍、六代、それに弥助の維盛め、ひっとらえたる！」

と、立ち聞きしていたものか、いがみの権太が勝手口より躍り出て、尻《しり》ひっからげ駆けだすのを、

「あかん、待って！」

とお里は飛びつき、

「にいさん！　一生の、一生のお願い。どうか、みのがしたって！」

と頼むをきかず、いがみの権太、

「大金かかった大仕事じゃ、邪魔しくさんな！」

すがるを蹴たおし、張りとばすと、

「お、これ忘れたらあかんわ」

さっき置いた銀《かね》入りの鮓桶ひっさげ、維盛一行を追っかけて走る。

「ああ、おとうはん！　おかあはん！」

お里が呼ぶ声、弥左衛門、母も駆け出て、

「どうした」

「どないしたの」

と問うたところ、

「都から、維盛さまの奥方と若君が、迷い迷いしながら、やっとここまで来はったん。つもる話しとった、ちょうどその最中、梶原さまとかが詮議に来るて、知らせがあってな、ほんで、ご家族三人連れを、上市の村へお逃がししたん」

とお里。

「ほんならな、ほんま情けない、にいさんがきいとって、お三人を討ちとるか生け捕りにして、ご褒美《ほうび》にあずかるとかいうて、たったいま、追っかけていきよった……」

弥左衛門はびっくり、

「そら一大事や」

手にたしなんだ朱鞘《しゅざや》の脇差《わきざ》し、腰にぶっ差し、駆けだそうというそのむこうから、

「下にぃ、下にぃ」

矢筈紋《やはずもん》の提灯《ちょうちん》、梶原平蔵景時、あまたの家来に十手もたせ、道をふさぎます。

「おい、老いぼれ、どこ行く。逃げる気か、逃がすものかよ」

押っ取りまかれた弥左衛門、はっと胸突かれます。もう先はない、絶体絶命、七転八倒。心臓に早鐘。時の知らせに胸とくとく。

「この不届きものめ」

と梶原景時。

「今日の詮議で、維盛のこと、知らぬ存ぜぬとかいいぬけおって。おまえを、そのまんま帰したのはな、不意をついて踏み込むためよ。この家に、維盛をかくまっておること、土地のものから地頭に、とうに訴えがあったわ。早々に鎌倉へ知らせがはいり、取るものも取りあえず、こうして駆けつけながら、おまえを取り逃がさぬよう、油断のそぶりをみせておった。さあ、維盛の首討って渡すか、それとも上意に背くか。どちらか返答せい！」

責めつけられるや弥左衛門、もはや言い訳無用、と腹をすえると、

「お祭しのとおりですわ。いったんは、かくまってなどおらんと申したが、さっきのきびしい御詮議うけましてな、ああ、これは、かくしてもかくしきれん、と、先にもう、首討っときました。ごらんにいれまひょ、通ってくだされ」

と連れだって、うちへ入っていく。どうなることか、と見守る母娘。弥左衛門は鮓桶を取り、しずしずと、梶原の正面にあらたまって座すと、

「三位維盛の首、お受け取りくだされ」

蓋をとろうとするや、

「ちょいと親父さま！」

女房がうしろから駆けより、ぎゅっと夫の手を押さえ、

「この桶のなかにはな、うちが、ちょっと大事なものを、最前、入れておきましたんや。おまはんがあけても、どないもなりまへんで」

「おまえこそ、なんも知らんくせに、しゃしゃりでてくんな」

と弥左衛門。

「この桶のなかには、さっき討った、維盛卿のお首が……」

「いやいやいや、おまはんに見せられへんもんが……」

引っ張れば引き戻し、

「おまえはなんも知らんのやっ！」

「おまはんこそっ！」

妻は、銀《かね》と思っていますから、取り合いの手を引きません。

梶原平蔵、

「さてはこやつら、申し合わせての茶番か。縛れ、召し捕れ！」

命じられた家来衆が、

「ようし！」

「おとなしゅうせえ！」

と取りまいたところに、

「生け捕ったでえ！」

と呼ばわる声。

「維盛夫婦、がきまでも、いがみの権太が生け捕った、討ちとったで！」

はっと顔をあげる弥左衛門、女房も娘も、心中は狂い乱れている。

いがみの権太はいかめしい面で、ぐるぐる縛りの内侍と若君を抱え上げ、梶原の前へ、どっかと引きすえます。

「生臭いのお、親父どの！　三位維盛を、熊野浦から連れ帰り、髪を剃って青二才に変え、名前まで弥助と変えさせて、婿《むこ》にとろうとたくらみよった。この腹黒め」

　梶原に向きなおり、

「生け捕って、赤っ恥かかせたろと思いましたがな、意外に手強《てごわ》いやつでして、村のものの手も借《か》って、ようやっと討ちとりました。もってまいりました生首、どうぞお検《あらた》めくだされ」

　首を差しだします。

「おお、そうか！　青頭で、名は弥助。じつは知っておったのだが、弥左衛門めを引っかけようと、わざといわんでおいたのだ」

　と梶原景時、

「ようやったぞ、いがみの権太。ならずものときいておったが、お上にむかっては忠義ものじゃな。内侍、六代を生け捕りとは、でかした、でかしよった。それにしても、ええ女じゃの。夢野《ゆめの》の鹿、とかいう枕詞《まくらことば》があるが、いちどきに、牝鹿《めじか》と子鹿が手にはいるとは、これこそ夢にもおもわん手柄。この褒美に、親の弥左衛門の命は、許してやることにしよう」

「いえいえ、親の命みたいなもんのために、こんなには働きまへんて」

と権太。

「なに、親の命とられても、褒美がほしいか」

「おやじの命については、おやじとじかにやってくだされ。わいは、とにかく銀《かね》、銀《かね》、銀《かね》」

「はっはっは」

と梶原。

「小気味のよいやつ。では、褒美をやろう」

と、羽織を脱いで渡します。権太は仏頂面をしている。

「おいおい、その羽織は、頼朝《よりとも》公から下されたもの。鎌倉へもってくれば、いつ何時でも金銀とひきかえてやる。懸賞金の証明書じゃ」

それをきいて権太は、羽織を押しいただき、

「なるほど、そないでっか、昨今、だまし騙りが流行《はやり》やよってな、二重取りさせへんお考えでんな。こら、工夫しはったもんや」

と、引き替えに、縄付きの母子を渡します。梶原は受け取り、鮓桶の首を、首桶に入れ替えさせると、

「おい権太、弥左衛門一家のものども、しばらくの間、おまえに預けおくぞ」

「どうぞご安心を。貧乏ゆすりもさせませへんで」

「ははは、感心な男よの」

とほめそやすと、梶原景時と家来衆、縄付きのふたりを引っ立て、引っ立て、立ち帰っていく。

権太は遠く見送りながら、

「ええ、あの、なんでもよろしけど……褒美の銀《かね》、くれぐれも、くれぐれも……」

その一瞬、弥左衛門は隙《すき》をみのがさず、憎さも憎し、息子を背から引っ抱え、ぐっと突っ込む恨みの刃。うっ、と天を仰ぎ、反《そ》っ返る権太。

母と娘は、

「ハッ！」

「はっ！」

と。

憎しみと悲しみに駆られ、母は思わず駆け寄って、

「天命やで。思い知りや、不孝の罪やで！」

声をかけつつ、ぼろぼろと涙をこぼし、泣き伏すばかり。

弥左衛門、歯がみしつつ、

「こら、泣くな、ほたえな。不憫《ふびん》や、かわいそうやいうて、こんなど阿呆《あほう》、生かしといたら、この世界の、わざわいの種や。門の端も踏ますな、いいつけといたやろ。それをまた、うちんなかへ引き入れよって。おい阿呆、おどれ、ようもあの、たいせつな、たいせつな維盛さまを殺しよったな！　内侍さま、若君を、鎌倉へ渡しよったな！　ああ、もう、腹立つ、ほんま腹立つ。ああ、もう、情けのうて、泣けてきたわい！　胸が裂けるわい！　この三千世界で、こないして、子を刺し殺す親は、わしばかりやろ！　こんな因果ものに、ようもしてくれたな。おい、おい、きこえとんのか、このど阿呆！」

と、抜き身刀の柄《つか》、砕けるほどに握りしめ、ぐり、ぐりと、えぐりまわすもこころは涙。いがみにいがんだ権太郎、手を伸ばし、上から刃物おさえて、

「ええか、おとうはん……あ、あんな、おまはんの力で……維盛さまの命、助けるんは、無理や……無理やって」

「ぬかすな！　詮議からの帰り道、ちょうど折よく道ばたに、行き倒れのむくろ見つけて、これはええ身代わりやと、首とって戻り、ここへ隠しといたんじゃ。見てみい」

鮓桶とって蓋あけると、がらがらっ、と出てくる銀《かね》三貫。

「なんじゃ、こりゃ銀やないか！　どういうこっちゃ！」

と弥左衛門、呆然《ぼうぜん》としています。

瀕死《ひんし》の権太、父の顔をみあげ、

「あきまへんて、おとうはん……わての性根がこんなんやさかい、誰とも相談できへんのは、まあしゃあないけど……それでも、若侍の首の前髪を、わざわざ総髪に結うて渡そうやなんて、考えられへん手ぬかりでっせ。あぶないとこやったわ……」

と息絶え絶え。

「維盛卿を、弥助いう名で、青二才の手代に仕立ててあるんを、梶原ほどの侍が、知らんと討手にきますかいな。自分からいいださへんのもむこうの計略ですわ。維盛さまご夫婦へ、あとで路銀として渡そうと、おかあはんからだましとった銀を、鮓桶に隠しといたんですが、同じような重さで、別の桶を取りちがえ、裏で蓋あけてみたら、なかは生首や。あっ、と思いましたが、これ幸い、月代剃りあげ、梶原に突きつけたった。ありゃやっぱり、おとうはんの仕込んだ首やったんですな……」

「お、おまえ、そこまでわかっとって」

と弥左衛門。

「なんで、奥方と若君に縄かけ、鎌倉へ渡しよった」

「はは……おふたりにみえたんは」

といがみの権太。

「……この権太の……女房と、せがれですわ」

「なんやて！　ほな、維盛さま、奥方、若君はどこや！」

「いま、逢《あ》わせますがな」

と権太が袖からおもちゃの笛とりだし、吹きたてますと、これを合図と決めてあったのでしょう、茶店夫婦の姿となった維盛卿、内侍のふたりは、若君を連れ、駆けてきて、

「弥左衛門、内儀、くれぐれも、権太郎に礼をよろしく……あっ、やられたか！」

倒れた権太に呆然、いっぽう弥左衛門も、

「ようもご無事で！」

と驚き、一同ただただ、立ち尽くすばかり。

悲しみのあふれるまま、母は瀕死の息子にすがり、

「おまえ、おまえ、こんなまっすぐな性根もっていて、なんでまた、ひとに恨まれ、そしられるようなことばかりしやったか……ふだんからそんなんでなかったら、おとうはんも、あんたに手傷ひとつ負わせるわけないのに。あんまりや、ああ、あんまり

やないか！」

　とせきあげ、悔やみ嘆くのを、

「いや、おかあはん、それはちゃいまっせ……ごんたのわいやなかったら、あの梶原が、身代わり連れて、おめおめ帰りまっかいな。その上まだかまかけて、親の命を褒美に、とかいうとりましたが、こっちが、ひゃあありがたい、いうて喜びでもしたら、たちまち、いっそうつっこんで詮議されるところでしたんやで。いがみ、と見くびったよって、油断しくさり、一杯くうて去《い》によった。災いも、三年置けば用にたつ、て世にいうとおり、今日のきょうで、このわいも、悪い性根の年季明けや」

　と権太。

「生まれついてこのかた、勝負事に魂とられ、盗み癖つき、今日もあちらの奥方とお子から、二十両ゆすりとった。その荷のなかに、えらいていねいに描いたある、おえらいさんの絵ぇがあって、それが、うちに住み込む、弥助に生き写しときよる。こりゃどういうわけやと、小遣いせびりにみせかけ、お母《か》んとこにもぐりこみ、聞き耳たてていとったら、なんとまあ、平維盛さまやて。しかも、その御身があぶないとか」

　みな黙ってきいている。

「いま、たったいま、この性根をあらためへんと、今後一生おとうはん、おかあはんには、喜んでもらえへん、そう思て、積もる悪事を裏に、ひっくりかえすことに決めました。とはいえ、維盛さまの代わり首はあっても、内侍さま、若君さまの身代わりがいてへん、ああ、どないしょう、と途方にくれとるその場へ、女房の小仙がせがれを連れて、やってまいりました。『なにをうろたえてはんのや。親御さまの勘当がとけて、前のご主人に忠義もたつんやろ。な、うちと善太《ぜんた》を、これこれ、こないに、さあ』と、背に手をまわすのを見て倅も、『ぼくもかかさまといっしょに』と、ふたりそろって、両手をうしろに……わい、縄かけましたで。縛りましたで。でもな、かけてもかけても、なんぼかけてもはずれますんや。いくら結んでも、ほろほろ、ほろほろ、ほどけますんや……」

　と権太。

「いがみにいがんだこのわいが、こんなにもまっすぐな、こころの子をもったんは、いったいなんの因果やと、思うては泣き、縛っては泣き……そうしてついに、後ろ手に、倅を縛りあげたその瞬間、わいは鬼か、わいは蛇なんか！　こらえきれずに血の涙や！　かわいそうに、かわいそうに！　女房も同時に、わっとひと声あげ、血ぃ、はあ、はあ、吐きよった！」

切々と語ります。それをきき、弥左衛門は前のめりに、

「なにをぬかすか権太郎！　悲しかったやろ。わが子に縄かける瞬間、わりゃ、血を吐くほど、悲しかったんやろ。おう、おのれは、なんでもっと前に、そこに思いがいかへんかった。広いこの世に嫁はひとり、孫というのもあの子、ひとりきり……わしはな、そこらで、こどもがわいわい遊んどったら、探すんや、おまえに似た、苦みの走った顔の子がおらんかと。きいてみんのや、『なあ、もし、みんな、このへんにごんたの子ぉはおらへんか』て。そしたら子らが、『どこのごんたなん、おなまえなんていうん』てきいてきよる。わしの口からずけずけと、そりゃ、いがみの権太や、とはいえへんわい。性悪者の子ぉやいうて、孫がいじめられてないか、つまはじきにされてやせえへんか、そう思いやるたび、おのれに腹が立ち、煮えくりかえり。おう、いま直る根性を、なんで、半年前に直しとけへんのじゃ！　どないなんや、なあ、ばあさん！」

「ああ、おやじどの！　嫁と孫の顔、とっくりおがみたかった」

「おお、わしも、わしもや」

とむせかえり、わっとばかり伏してしまう。

内侍は始終、涙にくれています。維盛卿はたまらず、身にせまる思いにかきくれな

がら、

「弥左衛門の嘆き、もっとも、もっともだと思う。ただな、逢うて別れるのも、出逢わぬまま死ぬのも、みな因縁のなす業。おまえが討って、ここへ持ち帰った生首は、主馬《しゅめ》の小金吾という代々の家来だ。内侍の供をしてこの地までやってきた。生きたあいだの忠義は薄くても、死んだのちの忠勤厚く、主君の身代わりをつとめてくれた。これも不思議な因縁だよ」

と語るのをきき、弥左衛門は、

「では、そんなら全部、鎌倉の、討手のものらが」

「いうまでもない。右大将頼朝の、威勢にまかせた無慈悲からきたこと。ひと太刀でも返したいところだが、無念だ」

と怒りに混じる御涙。

「ほんにそのとおり」

と弥左衛門、梶原から預かった陣羽織を取り出すと、

「懸賞の証明書とかぬかし、置いていきよったこの羽織、きけば、頼朝の着替えやとか。ずだずだに引き裂いてさえ、亡くなった、ご一門のお恨みの数には足りまへんが、ひと刺しひと刺し、切り裂いて、せめてもの御手向けに」

と差し出す。

「なに、頼朝の着替えか。晋《しん》の予譲《よじよう》の例にならい、この衣を切り刻んで、ささやかながら、わが一門の、恨み晴らすぞ！　おもいしれ！」

と、刀に手をかけ、羽織をとって引き上げると、衣の裏に模様か、と見え、あらためてみるとそれは、歌の下の句。

「内やゆかしき、内ぞゆかしき、と、ふたつ並べて書いてある。どういうわけだ。この歌は、小野小町《おののこまち》の詠んだ歌だろう」

検分しながら、維盛はひとりごちます。

「小野小町が、陽成院《ようぜいいん》から、

雲の上は　有《あり》し昔にかはらねど　見し玉簾《たまだれ》の内やゆかしき

と歌で問われたのを、や、を、ぞ、に取りかえ、

雲の上は　有《あり》し昔にかはらねど　見し玉簾の内ぞゆかしき

と見事に返したものだ。誰もが知るこの歌を、わざわざこんなところに書きつけたのは、不思議といえば不思議。ことに梶原は、さむらいながら、和歌に心得がある……うむ、ひょっとして、内やゆかしき、とは、この羽織の、縫い目の、内ぞゆかしき……」

と、衿元《えりもと》、付け際を切りほどき、ひらいてみれば、布地の内側に袈裟衣《けさごろも》、数珠《じゅず》まで収めてあります。

「こ、これは」

「どういうこと」

とみな呆《あき》れるなか、維盛卿は、

「なるほど、そういうわけか。その昔、保元《ほうげん》、平治《へいじ》の乱の折、わが父平重盛は、池禅尼《いけのぜんに》といいあわせ、死罪に決まった頼朝を助命し、伊東《いとう》へ流罪とした。その恩返し、おうむ返しに、この維盛の命を助け、出家させようというのか。頼朝よ！　敵ながら、あっぱれな大将よ。それこそ、見し玉簾の内よりも、心の内がゆかし、ゆかし、だ」

と法衣をとると、

「これもまた、父、重盛のおかげか」

といっておし戴《いただ》きます。

ひとびと、わっと喜び、涙が湧《わ》きあがっております。

瀕死の権太は這《は》いだし、すり寄って、

「だまくらかしたったつもりが、なんにもかにもばれとったんか……かんがえてみたら、いままで、だましとってきたくさぐさ全部、最後の最後に、命とられる種やった。ああ、阿呆や、阿呆やなあ……」

と、息絶え絶えに悔やんでいる。

今日のこの日まで、仏に、出家するといいながら、そうはせず、輪廻《りんね》を離れられなかった維盛卿も、さあ、脱するならいまがその時と、もとどりふっつり切り落とします。

内侍と若君、お里はすがり、

「わたしめも尼になります。どうかおそばで、お仕えを」

そんな願いに取り合わず、維盛は数珠を握り、振りはらい、振りはらい、

「内侍は、高雄《たかお》の文覚《もんがく》のもとへ参り、六代のことを頼むがよい。お里は兄になりかわり、親へ一心に孝行が大切」

と立ちあがる。

弥左衛門、それを機に、

「……女性、お子のお供は、年寄りの役目じゃな」

ともに旅支度をはじめる。

瀕死の息子をいたわりながら、女房が切々と、

「なあ、あんまりやないか、おやじどの。権太郎も、もう最期。看取《みと》ってやってはくれへんのか」

とめるのをきき、弥左衛門は激しい口調で、

「血を分けた倅を、この手にかけたんやど、どの面《つら》さげて死に目に逢えいうねん。息子の最後の息なんぞあびたら、もう、ひと足かて歩けるかいな。わずかでも息が残っとるんやったら、ほとんど望みはないにせよ、万が一、助かることもあるかと、思いこむこともできるやないか。そうでも思わんことには、なんの力も湧いてくるかい。とめるおまえのほうこそ、あまりといえばあんまりやで」

そういって泣き出す父親も、母も、娘も不憫、と維盛は、首に輪袈裟かけ、手には僧衣、もう片手には数珠をもち、権太への手向けの文《もん》を唱えだす。

あのくたら　三みゃく　三ぼだい

これが出家の門出。高雄と高野にいき別れる、夫婦の別れに親子の名残《なごり》。瀕死の権太の見送る顔、見送られる顔。思いはやまぬ大和路《やまとじ》よ。

吉野に残る名物に、「これもり弥助」という鮓屋。いまも栄える花の里に、その名も高く、知られております。

第四

道行初音旅《みちゆきはつねのたび》

恋と忠義は、どちらが重い。はかりがたいのは恋の思い。「忠」と「信」の名の武士に、主君の情けのはからいで、「静《しずか》」なるその名のとおり、しのびしのんだ都を、あとに見すてて旅立って、飾らぬなりもよし経《つね》の、その行く末は難波津《なにわづ》の、波に揺られてただよいつ、義経《よしつね》公はいま吉野《よしの》と、人の噂《うわさ》を道しるべに、大和路《やまとじ》さして慕いゆきます。

野の道も、慣れぬ繁《しげ》みのけものみち、右かそれとも左かと、若草かき分けいくうちに、餌《えさ》とる雉子《きぎす》が、ぱっと飛びたち、ほろろけん、けんほろろ、と羽ばたきます。

それをみた静は、

「おまえは子のため、身を焦がすのに、わたしは恋路に迷う身や。ああ、初雁《はつかり》がねの夫婦連《みょうとづ》れ、妻持ち顔の、羽根袴《はねばかま》がうらやましい」

人よりましの真柴さし、進んでいくそのうちに、伏見稲荷《ふしみいなり》の御社《みやしろ》が神々《こうごう》しく、こうこうと霞《かすみ》のなかに瓶原《みかのはら》。形見に、といただいた初音《はつね》の鼓《つづみ》を、秘めた睦言《むつごと》といっしょに、ひとにみえぬようふくさに隠し、杖《つえ》を頼りに進んでいくと、おや、いつのまに、ここは祝園《ほうその》を過ぎている。見渡せば、四方《よも》の梢《こずえ》もほころんで、女がうたう梅が枝の歌うけて、村の男らが口々に、可笑《おか》しげにうたっています。

うちの嫁　天井抜けて　据える膳　昼に枕は　呆れるわい

天井抜けて　据える膳　昼に枕は　呆れるわい

「ふふ、ほんに呆れるわ」

おかしがらせる烏《からす》の歌に、ひとも笑い、笑っております。わら葺《ぶ》き暮らしであろうとも、春になれば、わらべはやはり、羽根をつきつき、ひいふうみい、と手まりつく。その歌声に、つくづく静が耳をたてているそばから、東風《こち》も、風音を添えて、去年《こぞ》の氷をとかしてゆきます。

そこにまた、大和まんざいの声が加わります。

とくわかに　ご万歳《まんざい》と君も　栄へまします　あいきやうありや

あ、ほっとした、と静。あれはきっと大和の人。そんなら、さっそく、義経さまの御隠れ家がどこか、尋ねてみましょ。わたくしも、わが君さまの栄えを祈念し、

昔を今になすよしもがな

この初音の鼓、景気よろしゅう鳴らしてみよ。

谷の鶯《うぐいす》　初鳴き
初音の　鼓
初音の　鼓

調べあやなす音に呼ばれ、つい、ついと招かれて、旅姿の佐藤忠信《さとうただのぶ》が、少し遅れて

やってきます。背にしっかりと、風呂敷を負い、野道にあぜ道に、あちらへこちらへ、いそいそと軽く足を運びながら、道をへだてて目立たぬよう、

「女性の足、とあなどりました。お待たせしまして。このあたりは、幸い、ひと目もありません」

と、名前といっしょに拝受した、義経公の鎧《よろい》を取りだし、

「これぞ、わが君」

と敬い、静は鼓を顔にみたて、鎧の上に置きます。

ひそかに西国へ落ちのびていく海路の途上、義経公の一行は、荒くれた波風に襲われ、御舟ごと住吉浦《すみよしうら》に打ち上げられ、そのあとは、吉野の地にとどまっておられるとか。

ふたりして、

「もうすぐ」

「すぐ会えますね」

いそいそと形見をしまいながら、忠信は、

「この鎧をいただきましたのも、兄次信《つぎのぶ》の、忠勤のおかげ。屋島《やしま》のいくさの折、わが君の御馬に、矢が射かけられた瞬間、馬で駆けつけ、矢の前に立ちふさがって」

「と、そのとき、平家方の弓矢の名手、能登守教経《のとのかみのりつね》、そう名乗りをあげるや、やあっ、と矢を引きはなって」

「矢先は、ちくしょう、兄次信の胸板へ、防ぎようもなく命中し、馬からまっさかさま」

「はかない最期、義に準じた忠臣と、いまも名は残っています」

思いだすうち涙がにじみ、井筒紋の袖《そで》が、乾くまもありません。

「いつの日か、義経君の御身も、糸のごとき春の柳葉のようにいと長く、のびやかになられましょう」

「枝を連ねたひととひとの縁が、朽ちてしまうことはありますまい」

互いにはげまし、はげまされ、急ぎながらも、足はなかなかはかどりませんが、あし原峠《はらとうげ》、こうの里、土田《つちだ》、六田《むつだ》もほど近く、野道から春風が吹きわたり、雲と見まがう、みよしのの、ふもとの里にようやっと、いま、着きました。

蔵王堂《ざおうどう》の段

一丈六尺の背丈、憤怒《ふんぬ》の顔の御仏像も、花に和らぐ吉野《よしの》山《やま》。軒は霞《かすみ》に埋《うず》もれた蔵王《ざおう》堂《どう》は、いっそう威厳に満ちてみえます。桜の花には少し早く、ちんまりと梢《こずえ》ののびた初春の空のもと、下々の百姓どもは、蔵王権現さまのお髭《ひげ》の塵《ちり》をとる、掃き掃除をしています。吉野山の僧兵たちの、合議が、もうじきはじまりそうです。百姓たちの掃除は、霊験あらたかな仏さまのため、というより、僧兵どもからの罰がこわいせいでしょうか。

名前は静《しずか》といいながら、急ぐ道。忠信《ただのぶ》のお供のおかげもあって、義経《よしつね》公の跡を慕い、ようやっとここまでたどりついた。これがもし、弥生の頃ならどんなにか、などとつぶやきつつ、吉野のうすら寒い山景色を見やっております。

百姓たちは口々に、

「なんちゅうきれいな京女、花見にはまだ早いがなあ」

「なんで花見にくるかいな。男と女のふたり連れ、腹《はら》が孕んでしゃあなくて、思いあまって来やったたんちゃうか」

口々にいうのをきき、忠信が、

「あ、いやいや、そんなことでない。河連法眼《かわづらほうげん》どのに用事あって参った者だ。ここからどう行くんだね」

というのを、みなまで聞かず早合点、

「はあ、わかった、わかったわ。お妾《めかけ》さんの奉公に、行かっしゃるか。そらええ、なによりやわ」「河連法眼さまいうお方はな、この一ッ山《いさん》の衆徒頭で、吉野じゅう、なんでも立たせようが伏せさせようがやりたい放題な上、女房もって、魚も鳥も食いまくりでな」

「じだらく坊主のようやけど、女房持ちのお坊さまは位が高いんや。どうぞ上首尾でな、うまいことやりなはれ。おまはん、目ぇが高いわ」

忠信うなずき、

「で、その法眼さまには、いま、大事なお客でもいらっしゃるかな」

「いやあ、そんなことは知らへんが、毎日お琴、三味線《しゃみせん》で、賑《にぎ》やかやとはきいてますわ。これ、この道をこういって、こっちゃのほうが子守明神《こもりみようじん》……おなごの参らなあかんとこでんな……その手前のひと筋道、左のほうにつっと見える、大きい門の立ってるとこや」

と教えてくれたのに、静が、

「あい、あい、あい。ありがとうござんす」

と気のせく道を、連れだち、連れだち、急ぎゆく。

鉦《かね》が鳴り、参会のはじまりを告げます。

山科《やましな》の僧法橋坊《ほっきょうぼう》、無道不敵の一字を戴《いただ》き、荒法橋とあだ名され、のっかのっかとやって来る。あとにつづくのは、鬼とみまがう悪相、梅本《うめもと》の鬼佐渡坊《おにさどぼう》。さらに、返《かえ》り坂《ざか》の薬医坊《やくいぼう》。戒律きびしい僧のはずが、腰に大太刀を差し、大口袴《おおくちばかま》の裾《すそ》ふみ散らして進む。今日の合議では、いち早くしゃしゃり出、ない知恵ふるう気まんまんの顔つき。

いままで横着だった百姓ども、身をまっさかさまに這《は》い屈《かが》むと、鬼佐渡がじろじろにらみまわし、

「ああ？　まだ掃除終わってへんのか。さっきいうたったやろ。だらだらと、さぼってばかりとちゃうか。このままやったらおまえら、年貢のとりたて、楽しみにしとけよ」

そう怒鳴られ、

「ハイ」

「ハイ、ハイ」

すてばちな目つきで、箒《ほうき》をどっさくさ、てんでんばらばらに風上から掃きまわしますと、僧兵たちの袈裟《けさ》も法衣も、たちまち土ぼこりまみれに。

「このどあほうら」

「なにしくさる」

叱《しか》られるほどにいっそう、

「掃除します」

「ハイ、掃除しまっせ」

と一も二もなく、ほこりかぶせて逃げ去ります。

その場に、河連法眼があらわれる。一ッ山の検校職《けんぎょうしょく》、華美を好まぬ萌葱《もえぎ》の法服、歩んでくる指貫《さしぬき》の裾を縛り、しめるところはしめる、その人となりをにじませております。

「ほう、みな早いな」

互いに前後の挨拶《あいさつ》し、車座になってそれぞれ並ぶ。

少し置いて河連法眼、

「先だってまわした回状のとおり、早々と集まってもらい、はなはだご苦労。今日する話なんやが、じつのところ、わしのことやない」

懐中から一通の書をとりだすと、

「鎌倉どのの家臣、わしの小舅《こじゅうと》でもあるが、茨左衛門《いばらさえもん》が、こんな手紙をよこしよった。読んでみれば、余計な説明はいらんやろ。まあ聞いてくれ」

と押し広げ、

「取り急ぎ、書簡で申し達する。九郎判官義経《くろうほうがん》のこと、弟の身ながら、兄頼朝《よりとも》追討の院宣をいただき、その上さらに、土佐坊正尊《とさぼうしようぞん》を討ち、都を立ち退いて大和路《やまとじ》で徘徊《はいかい》、との由。その報告に、鎌倉殿の御憤り、並々でなし。早々に討ちとるべしとの旨、諸国へ手配書を回し終えた。討ちとって、恩賞を受けとられよ。隠しおいた場合、そのときこそ、一ッ山の滅亡と思い知るよう。正月十三日。河連法眼殿。茨左衛門　判」

読み終えるや、

「聞いたな、つまり、このことなんや。もともと判官殿に罪はない。この大和あたりをさまよっておられるなら、いずれ、まちがいなく、一ッ山のわしらを頼ってこられるやろ。さあ、そのときや。みなどう思う、頼みをきいてかくまうか、それとも、討ちとって、鎌倉へ差し出すか。一同で、山全体の方針を決めとかなあかん。めいめい腹割って話そやないか」

聞き終わらぬうち、荒法橋、

「いや、もっとものことながら、わしらの意見、おたずねには及ばん。一ッ山の仕置頭、法眼どのが考えを定めてくだされば、みなご意見に従い、一党となりますわい。まず、おつもりをきかせてくだされ」

と問いかえします。

それをきいて法眼、

「胸のうちに、考えはある。まあ、これこれ、と言い聞かせたなら、たとえこころに添わずとも、おぬしらも、いやとはいわんやろ。ただ、それが却《かえ》って、まちがいの種になることも少なくない。わしの考えはあとや。まずはみなの思うところ、遠慮なしに、いうてみてくれ」

そういわれても、互いにこころを探り探り、しばらく返事もありませんでしたが、そのうちに返り坂の薬医坊が、遠慮なしにぬっと口をひらき、

「まず愚僧がおもうのは、義経公をかくまうとしたら、二年三年、あるいは十年二十年、その間、丁重に養い、食わせなあかん。ひとりだけならたかが知れとる。けど一行には、あの弁慶《べんけい》、底抜けの大食らいがいよるやろ。みなでどれだけかかるか見当がつかへんで。というて、かくまわんかったら、あの弁慶はめちゃくちゃな奴《やつ》や、七つ道具ののこぎりで、ごりごり蔵削って、押し込みでもしよるかもしれん。まとめて盗まれるよりは、山じゅうで分担して、ちょこちょこ茶粥《ちゃがゆ》でも喰《く》わせておくんが経済とちゃうか」

法眼おかしく思いながら、

「それも大事な話やな。さあて、あとふたりは」

最後までいわせもせず、

「ほんならわしが」

と鬼佐渡。

「この件については、損得も勘定も関係あらへん。ひとを助けるんが、そもそも、坊主の役目やないか。罪のない義経をかくもうたからと、鎌倉が討手をよこしたなら、忍辱《にんにく》の袈裟ひっかぶり、降魔《ごうま》の鎧《よろい》に身をかためて、迎え撃って蹴散らかし、逃げるのを追って鎌倉までのぼり、討たれるおぼえのないことごと、すべて申し開きをなしてから、讒者《ざんしゃ》どもの首、ひとりひとり斬《き》り並《なら》べ、それでなお許さぬというなら、善悪のわからぬ頼朝を討ちとって、判官どのの天下とするばかり。わしの意見はこのとおりや。さて、法眼どののご意見、おきかせねがおか」

「いやいや、まだや」

と法眼。

「法橋どのとご懇意で、近々こられた客僧、横川《よかわ》の禅師《ぜんじ》覚範《かくはん》どのがまだ、顔をみせておらん。このかたのご意見もきかんとな。しかし遅いな、なにしてはるのやら」

というほどなく、山道を、しずしず歩んでくる法師は、名にし負う横川の覚範、衣の露を高くかけ、三尺五寸の太刀そらして帯び、末席に座っても丈高く、なんとも立派な僧にみえます。

「やあ、待ちかねましたわ、覚範どの。さ、こちらへ」

と招き寄せると、法眼、つっと立ちあがり、

「な、覚範どの、あちらをごらんくだされ。霞のなかに、山がふたつ、おぼろに見えまっしゃろ。ふたつ合わせて、妹背山《いもせやま》、つまり、歌に詠まれる名所ですわ。吉野川をへだてて、西が妹山、東が背山。な、山があして、ふたつに別れてある。妹山を、弟といいかえれば年下の義経、背山はもとより兄の頼朝。兄弟の仲を、吉野川に引き分けられた、その様はまさしく、あのふたつ山の姿と同じ。

こんな歌もありますな。

流れては　妹背の山のなかに落る　吉野の川の　よしや世の中

さて、世捨て人のわしらであっても、頼みをきいて助けるべきか、あるいはまた、白刃ひらめかせ討ちとったほうがよいとお考えか、手短に、おこたえくだされますかな」

ことばをきいた覚範は、思案する様子もなくすっと立ち、深々と頷《うなず》きます。蔵王堂にかけてあった、奉納の弓と矢を手に取ると、やにわに弦《つる》を、きりきり引き絞り、

「河連どの、ごらんくだされ。手短な、わしの返答。妹山と背山の、それぞれ、目の高さあたりに立つ木、二本が勝負の的。ごらんくだされ！」

矢をつがえ、狙う間もなくぱっしと放す。白矢は背山の印の木に、深々と刺さり、ゆったゆった、矢羽根が揺れています。

法眼、きっ、と振り返り、

「頼朝になぞらえた兄の山に、弓を引く……つまり、頼朝公に敵し、義経の味方すと。むむ」

うなるや、さっきの書状をぐるぐる巻いてふところへしまい、

「山科の法橋、鬼佐渡坊、薬医坊、そのつもりかいな」

皆一同、

「義経の味方しましょう」

「義経の味方や」

口々におらびます。

「む……なら、この法眼の考え、いま明かすとするか」

同じく弓矢を手にとりあげ、きりきり、引き固めます。一同、いずれの的に当てる気か、と見守るなかで、放った矢が、かっ、と刺さったのは、義経と名ざした、おとうとの妹山の木。

「なんやと」

「なら、法眼どのは頼朝方か」

「義経公に弓引かはる気ぃか」

法眼うなずき、

「ああ、そのとおりや。落人《おちうど》づれの肩もつよりかは、世の流れに従って、この一ッ山がつぶされぬよう、安寧を計らう、これが仕置役の務めやろ」

「それは、本心か」

「おや、覚範どの、妙なところで念を押さはる。義経が、この山を頼ってきたとしたら、どうぞどうぞ、お引きとりの上かくまいなはれ。この法眼、手を尽くして探しだし、誓って討ちとってみせますさかいに。そうなったなら、敵と味方や。無分別なおぬしらと話しておるだけ阿呆《あほう》くさいわ。今日の参会はこれまで。では」

といいすて、ろくな挨拶も取り交わさず、さっさと立ち帰ってしまいます。どことなく不審な物腰で。

残された鬼佐渡は、口あんごり、

「ありゃまた、どういうこっちゃ。口裏合わせておいたのに、みごとに当てが外れたわ。おい覚範どの、どないしよか」

と、山科らとともにざわつくところ、覚範は、ぷぷっと吹き出し、

「ぷっ、おぬしら、了簡《りょうけん》の浅いあまり、法眼の真意がわからんのだな。わしのこの耳には、さっきの問答でもうじゅうぶん、やつが義経をかくまいおる、こころの底の底までみな知れたわ。法眼のほうも、わしが義経の味方につくなどとは、嘘《うそ》八百とにらんで帰りおったようだが。事をのばしのばしにしては、義経を逃がさんともかぎらぬ。今宵《こよい》、深更二時頃に、手はずを決めて夜討ちに入るとしよう。義経の首さっさと取って、鎌倉どのの恩賞にあずかるぞ。皆の衆、夜討ちの駆けひき、その計略、わしの考えを、さあさ、きけ、きくがよい！」

大木の朽根《くちね》にどっかと腰掛け、

「わしはの、これまで修行のときどき、孫子《そんし》、呉子《ごし》の兵法書をそらんじておる。わしの指図どおり、荒法橋よ、おまえは鎧兜《よろいかぶと》に身をつつみ、十騎あまりで、灯籠《とうろう》が辻《つじ》より直進し、法眼の館へ静かに押し寄せ、そうして、合図の喚鐘《かんしょう》、三つ、四つ、乱打せい。鬼佐渡はまた、如意輪寺《にょいりんじ》の裏手をまっすぐに、六地蔵の橋までさがっておいて、敵が

逃げてきたそのときは、さんざんに矢を射て、立ち往生させておくべし。この覚範は、新堀《しんぼ》谷《だに》の宿坊に火をかけた上、火の手とともに山へのぼり、聖天《しょうでん》山からいっさんに駆け下りつつ、無二無三に蹴散らして、そうして見事、大勝利！　もはや勝利は手の内にあり！　勇め！　声あげい！」

薬医坊、頭を振りふり、

「そんなかんたんに、思ったようにいきゃあええがな。敵のほうが強かったとするやろ、荒法橋の手勢なんてちぎり捨て、まっすぐに戦場へ討って出てき、そんで、勝手《かつて》神社《じんじゃ》にでも本陣を置いて、ひっし、と守りを固めてきよったら、どないすんや」

「ふん、理屈をいいよるな。そのときは八王寺金剛蔵王《こんごうざおう》の左の、袖振山《そでふりやま》を使えばよいのだ。一気に峰を駆けのぼったら、真下の敵陣めがけて、弓引きしぼって矢を射まくる。義経の手勢ども、こりゃあかなわん、たまらんと、とっとと逃《に》げ失《う》せるだろうよ」

「おう、ほんだら、桜の幹や枝陰に隠れたりよ、その先の天皇橋《てんのうはし》や、大将軍《たいしょうぐん》の多宝塔に見張りやぐらなんぞ置いたりしてよ、追っ手のわしらがやってくる、そのぎりぎりまで我慢して、で、いっせいに矢を射かけてきたら、さあ、なんとする」

「こざかしいぞよ、荒法橋。いくら射てこようが、落人づれの持っとる矢の数など、たかが知れとる。引いては寄せ、寄せては引き……寄せては引き、引いては寄せ……くりかえしとるうち、やつらは矢を使い切って、なんの苦労もなく討ちとれよう。恐れるな、騒ぐな、用意せよ。ああっ、きけきけ、きいてくれ皆の衆！　昔むかしな、天武の戦があったとき、天女がおりてきてひらひら舞い、天上の歌を奏でたと、これがつまり、『反閇《へんばい》』のはじまりよ。勝つぞ勝つぞ勝つぞ！　どーんどーん、とろとろ、どーんどーん、とろとろ」

足踏み鳴らし、

「左へ七足！　右に七足！　左右合わせて十四足！　はたはたはっしと踏みしめて、さあ行くぞ！　勝つ！　さあ、進め進め進め！」

といっさんに、いさみ足にて立ち出ていきます。横川の禅師覚範の威勢、ちょっと普通ではありません。

河連法眼館《かわづらほうげんやかた》の段

鶯《うぐひす》の声なかりせば　雪消《きへ》ぬ　山里　いかで　春を　しらまし

春は来ながら、気は春めかない、九郎判官義経《くろうほうがんよしつね》をなぐさめる、琴三味線《ことしやみせん》の響く、河《かわ》連法眼《づらほうげん》の奥座敷です。世を忍ぶため、忍び駒で音を低くし、琴柱に描かれた、都を発《た》つ雁《かり》がねの姿も、義経一行を見捨てぬ、との暗示。もてなしぶりに、頼もしさがあふれています。

　今朝から外出していた法眼、こころに一物ありそうな顔で、黙って戻ってきます。妻の飛鳥《あすか》は出迎えに立ち、

「おお、えらいお早いお帰りでしたな。今日のご会合は、一《い》ッ山《さん》のお話でしたな。奥におられるお客、義経さまのご処遇についても、話されましたかいな」

　と尋ねる。

「そやな、義経のこともな」

「ああ、そんなら、吉野《よしの》の一ッ山の衆は、みんな残らず、お味方、てな具合に、まとまりましたかいな」

「ふふん……衆徒のなかでも、返《かえ》り坂《ざか》の薬医坊《やくいぼう》、山科《やましな》の荒法橋《あらほっきょう》、梅本《うめもと》の鬼佐渡《おにさど》の三人、それに客人の横《よ》川《かわ》の覚範《かくはん》ども、自分らからわざわざ、義経の味方といいたてよった。まちがいなく、わしの心根をさぐるつもりや。そやから、この法眼はな、逆に、鎌倉どのの味方につく、て、言い捨てて帰ってきたった」

「まあ、鎌倉方やて。衆徒らの企《たく》みを、おまえさまもさぐってみるおつもりで」

「いや。ちゃう」

と法眼。

「この法眼はな、こころ改めた。今日から、義経どのとは、敵と味方や」

「ええっ！　あの、おまえさま、まさか義経さまを……」

「おう、首討って、鎌倉どのにさしだすつもりや。納得いかへんか。なら、これ見てみい」

ふところの手紙を投げます。

飛鳥は手に取りあげ、ひとことも余さず読みおえると、いぶかしげに、

「義経公が、この山に隠れてはるて、はじめっからわかってるみたいな書きようやね」

「おう、いかにもな」

と法眼。

「ことわざに、天に口なし、人をもっていわせよ、ちゅうがなあ。密告なしで、あの小舅《こじゅうと》の茨左衛門《いばらさえもん》が、こないな手紙送ってきよるもんか。隠れ場所はたぶん、鎌倉方につつぬけや。さすがの判官どのも、これ以上、逃れようがあらへん。ひとの手柄にさせるより、この手にかけ、わし自身がお討ちとりしようと決めたのや」

「本気ですのんか」

「そや」

「ほんまのほんまに、おまえさま、義経さまをお斬《き》りなさる気ぃですのんか」

「くどいわ」

「……」

はっ！　突きつめたこころで、刀抜くより早く、自害しようとする女房の、握りしめた刃物ひったくり、

「こりゃなにしよる、なんで死ぬ！」

という顔、飛鳥はきっと見返し、

「ええ、なんでや、法眼どの、なんで本心をかくさはる。恩賞ちらつかせる書状なんぞ、千通万通きたとして、一度かわした約束やぶるやなんて、おまえさまは、そんな性根のおひとやありまへん。この飛鳥は、鎌倉どのの忠臣、この手紙を送ってよこした、茨左衛門の妹。義経公の隠れ家を、このわたしが兄へ密告したと、おまえさま、疑ってはるのやろ。しょうもないいいわけなんぞ、しとうもありまへん。疑うんやったら、ひと思いに、殺してくだされ」

恨みの涙にこそ、誠のこころがあらわれる。

法眼、すべてをききとるや、さっきの手紙とり、ずたずたに引き裂きます。

「嘘《うそ》のために、命、捨てるなや。女房さえ疑ってかかるのは、男らしゅうもないかもしれんが、義経公への、一点も曇らぬわしの忠節のためや。衆徒らの心根をさぐるついでに、おまえにも、このにせ手紙でこころをためした。な、このように、引き破って捨ててもうた。な、飛鳥よ、安心せえ。自害など考えるな」

と説くことばに、春の雪、恨みも溶けて、消えてゆく。

「やあ、法眼、帰ったな。ちょっといいか」

と義経公、奥の間から出てきます。

「おまえとのつきあいも、鞍馬山《くらまやま》以来になるなあ。日々のこころづかい、厚情、ほんとうにかたじけない。で、前々から話してたことだが、本日の、衆徒らとの会合の一件、委細すでに承知したよ」

法眼ははっと頭をさげ、

「おことば、光栄至極です。師から命ぜられてのこととはいえ、義経さまには、くれぐれも粗相のないよう努めておるつもりです。武蔵坊《むさしぼう》は、奥州《おうしゅう》の秀衡《ひでひら》方へつかわされて留守。御家臣の少ない中、わたくしめを、亀井《かめい》や駿河《するが》と思って、いかようにもお使いください」

申し上げるうちに、内使のものがまかりでて、

「佐藤四郎兵衛忠信《さとうしろうひょうえただのぶ》どのが、義経公を訪ねてお越しですが」

きく義経、

「おう、無事だったか。ここに通せ、すぐ会いたい」

内使は玄関へ、法眼夫婦は次の間へ、それぞれ去ってゆきます。

佐藤忠信、案内《あない》に連れられはいってきます。義経公のいますひと間のはるか遠くから、たえて久しい主君の顔を一瞥《いちべつ》するに、あふれる思いから、ぼろぼろ、ぽろぽろ、大粒の涙をこぼし、うつむいたまま声もありません。

大将はというと、はなはだ機嫌よく、

「おまえとわかれてこのかた、鎌倉どのの追っ手がきつくてなあ。身の置き場もないほどだったが、東光坊《とうこうぼう》の弟子、河連法眼にこうしてかくまってもらい、なんとか命をつなぎつなぎ、思いもよらず、春を迎えることができた。それに、俺の姓名を譲ったおまえが、まったくの無傷ってことは、つまるところ、俺の運はまだ、尽きてないってことになるよな。はは、やっと息がつけた。で、預けておいた静《しずか》は？」

と尋ねられ、忠信はいぶかしげに、

「は、なんのことでしょう。屋島《やしま》の平家がいちどきに滅び、天下統一のかちどきをお

上げになった、その折から、母が病気だと聞きおよび、お暇《いとま》をちょうだいし、故郷である出羽《でわ》へ帰らせていただいたのは、去年の三月。ほどなく母は亡くなりましたが、四十九日供養のさなか、忌中に合戦の古傷がうずき、破傷風、とかいう病にかかりました。そうして、生き死にのはざかいをさまよっているとき、頼朝《よりとも》さま、義経さま、ご兄弟のお仲が裂け、堀川《ほりかわ》の御所から、わが君が落ちのびられたと知らされたのです、そのときの悔しさといったら！　胸が煮えかえり、大病の無念さも加わって、いっそ腹切って死のうか、と思いましたが、わが君のお顔を、せめてもう一度だけでも拝みたいと、ひたすらに祈念しましたところ、念願かなって病は快癒。ひさしぶりの長旅で、身分をかくした道中はまったくつつがなく、このお屋敷においでとの噂《うわさ》を小耳にはさみ、ただいま参上したところでございます。義経さま、この忠信に、姓名をたまわったとか、静御前を預けたとか、はてさてなんのことか。いっこう、身におぼえがありませんが」

言い終わらせもせず。気の早い大将、義経が、

「やい、とぼけんな忠信！　俺たちが堀川の屋敷を出て、落ちのびようというとき、災難にまきこまれた静を、ちょうど折よく、故郷から帰りついたおまえが救いだしたろう！　で、俺の鎧をさずけ、九郎義経の姓名を譲り、静を預けた上で、別れたろう

が！……ひょっとして、さてはおまえ、日陰の俺《おれ》をみかぎって、鎌倉方へ、静を渡しやがったな。で、この俺の隠れ家を探しにきたってわけか。ただいま国から帰っただと？　しらじらしい嘘吐きやがって！　ふらふら流浪をつづけちゃいるが、この義経、おまえにたばかられるほど、ぼけてやしねえ！　この、不忠もの！　こうもり野郎め！　亀井！　駿河！　しばりあげてこっちを向かせろ！」

立腹の声に駆けくるふたりの勇者、裾《すそ》はしょり、右と左の肩を両側からつかまえ、

「委細はきいたぞ、四郎兵衛　さ、腕こっちや」

「静御前の居場所、さっさとぬかせ」

「踏みつけて縄かけよか」

「拷問して吐かせたろか、どうじゃ！」

「さあ、どうじゃ！」

と責めあげられ、せんかたなしに、刀と脇差し、ひょいと投げだし、

「待て待て、ふたりとも。慌てるな」

「待てとはなんや。なんや言い分あるんやったら、さあ、ぬかしてみい！」

「さあ、なんと！」

「なんと！」

「さあ！」

「さあ！」

「さあ！」

大騒動の、そのまっただなか、

「ええっと、静御前《しずかごぜん》のお供をし、四郎兵衛忠信どの、お越しですう」

内使の声にみな仰天。なに、忠信が、また、きたって？　そんな阿呆《あほう》な。どういうこっちゃ。その場の忠信、立ちあがり、

「わが名を騙《かた》るとは、なんにせよ、あやしいやつ。ひっくくって、大将の疑い、晴らしてやる」

と駆けだそうとする、そこを亀井が、

「いかせるかい！　詮議《せんぎ》がすむまで動くな！」

むこうをつかんだ、そのとき、

「おい、六郎、ちょっと待て」

と義経。

「ここに忠信がいて、その上にまた、忠信が静を連れてきたと。ふふん、こりゃあ見物だ。とにかく、早いとこ、ここへ通せ」

「はっ」

と亀井は次の間へ。微妙な立場の忠信は、黙って様子をうかがっております。

長い別れに、君の顔、みたくて会いたくて、こころ急《せ》くまま、河連の奥座敷、歩んでくる間ももどかしく、静御前、

「ああ、わが君さま、会いたかった！」

ひと目かまわずすがりつき、恋し愛《いと》しで溜《た》めた情、涙の色で見せつける。

義経は、

「女だからな。嘆くのはもっともだ。すまんな、そっけなくて。別れたとき、いいきかせたろ。ひとの情けにすがる義経が、ひとの目がある前でそんな、べたべたできるもんじゃない。忠信といっしょだって。どこだ？」

そう尋ねられ、

「あれ、たったいま、次の間まで連れ立ってきたけど……？」

と見回し、

「あら、そこそこ、そこです！　えらいすばしっこいねえ。いっしょにお目にかかろう、ていうてたやないの。それを、ちょっと油断してる間ぁに、自分だけ抜け駆けして。まだ、いくさ場のつもりなんやない。身勝手なおひと！」

その恨み節をきき、忠信は不審をいっそうつのらせ、

「おやおや、静さまもですか。なにがなんやらわからぬお話ばかり。よいですか、わたくしは、いま、たったいま、出羽の国からもどったところです。去年、お別れを申し上げてから、静さまにお目にかかったことなど、一度だってあるものですか」

「ふふ、またこのひとは」

と静御前。

「じゃらじゃらとてんごばっかし」

「ふざけてなどおりません、ほ、ん、と、う、です」

「ふふふ、そんなまじめな顔して」

何心もなく、やりとりがなまめいてきます。

亀井の六郎、戻ってくるや、

「静さまと同行、とかいう忠信を、引っ立ててこよとおもいましたが、次の間にはいてまへん。玄関、長屋、ほうぼう探してみても、姿はなく」

いうのをきいて、義経公はふうんと考え込み、

「なあ静、ここにいるのは、おまえを預けた忠信じゃないんだ。たったいま、故郷の出羽から帰りついたんだと、この忠信から、事情をきいているまっ最中、内使が知ら

せてきたわけだよ、もうひとりの忠信が、いま、おまえを連れ帰った、とな。なあ静、ちょっと考えてみてくれ。ふたりいるうち、姿をかくした怪しいほうは、顔かたちのそっくりな、忠信の偽者じゃあないか」

そういわれ、目の前の忠信を、まじまじと見やってから、

「うーん、そういわれたら、なんとなく、小袖《こそで》の柄も、なりもちがうような。あっ、待って。そやそや、思い当たることあった。義経さまとお別れのとき、形見とお預かりしたこの、初音《はつね》の鼓《つづみ》。ね、見たってくださいな、こんなふうに、肌身離さず手にふれて……」

と、いとおしげに静御前。

「八幡《やわた》や山崎《やまざき》、小倉《おぐら》の里。忠信のはからいで、あちらこちらで身をひそめていた折ふし。うちに誰もいないときなんかに、義経さまが恋しゅうて恋しゅうてたまらず、気を慰めようと、この鼓を打ってみると、そのたびごとに、忠信が、必ず戻ってきますのん。で、お酒の過ぎたひとみたいに、音色に、とろんと聞きいって。打つ手をとめたら、たちまち、きょろりっ、と何もなかったみたいな顔つきに戻るんで、このひと、よくよく鼓が好きなんやわと、はじめはそうおもっていたけれど、それが二度三度と重なり、四度五度とつづき、六度目となると、とうとうこわくなって、それからはも

う、鼓は打たんようにしておりました。ところが、わが君がここにおいでと聞き、いき急《せ》ききって、ここまでの途中、忠信とはぐれてしまい、そのとき、鼓のこと不意におもいだし、打ってみたらね、どうなったとおもいます、あら不思議！　たちまち目の前に、煙がたつみたいに忠信があらわれたん。いやいや、こんなんはきっと、おんなごころの目の錯覚、と思いなおして、いっしょにはやってきたんやけど、なんやまた、へんな具合になってきましたなあ」

申し上げると義経は、

「ふむ、鼓を打つ、帰ってくる。それがいちばんの近道だな。静、おまえ、鼓打て。で、忠信がでてきたら、調べてみろ。あやしいことがあったら、それ、こいつで一《いっ》閃《せん》」

自分の刀を投げ渡し、家来を振り返ると、

「俺の手じゃ、触れもできないあの鼓の、妙《たえ》なる音色を肴《さかな》に、さ、奥で一献くもうぜ。静、早くな！　鼓、いい感じでたのむぞ！」

亀井、駿河、さらに忠信を連れ、奥の間へとはいっていきます。

義経公にいわれたとおり、静は鼓を手に、辛気《しんき》と深紅をよりあわせ、調《しらべ》の緒むすび胴かけて、手のうち締めて肩にあげ、手振りも優雅に打ちならします。声清らかに澄み渡り、心耳を澄ませる妙音は、世に類いなき初音の鼓。唐《から》、洛陽《らくよう》にまで、数百里をこえて聞こえたという、越国《えつ》は会稽城門《かいけいじょうもん》の名高い鼓も、こんなふうにきこえたでしょうか。

春めく風の香に、誘われ出てきた佐藤忠信、静の前に両手をつき、じっとききほれている。静は、はっ、と見つめながらも、相手の様子を調べつつ、なかなか打ちやみません。聞きいる、ただただ、魂もなく聞きいる、忠信のそんな、からっぽの表情に、これはあやしいわ、そう見て取った静は、やんわりと鼓の手を止め、

「どこいってはったん、忠信どの。わが君がさっきからお待ちや。さあ、はよ奥へ」

何気ない物言いに、忠信、

「はい」

座を立ち、軽くうつむきます。

その油断を見のがさず、静が斬りつける。忠信、はっとよけ、ひらりと飛びさがると、

「なにを！」

静はさっと笑みを作り、

「ほほほ、びっくりした？ あのね、義経さまが、ひさしぶりに、静の舞いがみたい

というてはんの。屋島の、いくさ物語を。その、舞いの稽古」

　鼓を取り、打つ手をいっそう早め、

　　かくて源平入り乱れ
　　船は陸路《くがぢ》へ陸は磯《いそ》へ
　　こぎ寄せ打ちいで
　　　打ちならす

またしても忠信は、阿呆の子のように、鼓にうっとり、そこを、

「覚悟！」

と静、また斬りかかる、その太刀筋をかいくぐった忠信、刀の柄《つか》をしっかと握って、

「なんでだまし討ちに！　わたしがなにを！」

刀たぐりとり、投げすてた忠信に、

「にせ忠信め！」

と静御前。

「さ、とっとと白状し！　義経さまにいわれてんのん。いわへんのなら、こないして、

いわせたる」

鼓をとりあげ、はたはたはた！　女のかよわい腕で責めたてられ、

「は、はっ」

とひれ伏し、後ずさる忠信に、さらに激しく鼓打ちつけ、

「さ、白状し、さあ、さあ、さあ！」

詰め寄られ、ひとこともなく、ただただひれ伏しているばかりでしたが、ようやっと頭をもたげ、初音の鼓を両手にとり、さもうやうやしげに押しいただくと、静の前に置き直し、しずしずと立ち、広庭におりる様子もしおしおと、うなだれて手をつきます。

「きょうの日まで、だれにも知られへんよう、かくしとぉーしてきたけれど、ああっ、とうとう、ほんまの忠信サマが、ふるさとより帰ってきはった！　ご迷惑、おかけするつもりは、ナイッ！　しゃーない……ぼくは、ほんまは……これから、ほんまのこと、いいますっ！」

と語りだします。

「はじまりは、そこにある、ハーッツネの鼓！　その鼓は、カーンム天皇のみよ、内裏《だいり》で雨乞《あまご》いがあったとき、この大和《やまと》のくにに、千年生きた雌狐《めぎつね》と雄狐と、二匹を狩り

だして、その生皮をはいで、両側に張ってこしらえた、ツヅミッ！　雨の神にささげる神楽《かぐら》のとき、おてんとさまにむかってこれ打てば、鼓はもともと波の音、狐は陰陽でいうたら陰の獣ですから、水をあふれさせ、じゃんじゃん雨を降らせます。お百姓さんみな、おどりあがり、大よろこびの声、はじめてあげる、そのことから、ハーッツネの、鼓！　と名がつきました。その鼓はね、ぼくの、トーサン、カーサン！　ぼくはね、その鼓の、コ！　でござりますっ！」

ぞわぞわと騒ぐ怖じ気《おけ》を鎮めながら、静は

「おまえの親が、この鼓？　鼓の子ぉといいやるなら、さては、おまえ、狐よな？」

「ハッ、そうですっ！　雨乞いの祈りのために、トーサン、カーサンを狩られ、コロされたそのときはまだ、親子の区別も、かなしいことも、おぼえもなんもできへん、あさはかな、コ、ギーツネ！　こんなにまで大きくなって、なんぼ藻《も》をかぶって化けたり、鳥居をくぐってお参りできたって、ぼくは、イチニチ！　として親孝行したことがない。産んでくださったごオンに、報いたことがいっぺんもないんです……」

静、だまってきいています。

「六万四千の狐の尻っぺた、豚、狼《おおかみ》にも劣る、ただの、ノ、ノ、ノギツネッ！　とさげすまれてきました。お社づとめの願なんて、かなうわけおまへん。世間では、親不孝な子ぉのことを、チクショーめ、この、ノラギツネっ、とかいうやないですか。ハ、ハトの子ぉは、親鳥より低い枝におりて礼儀を守りますし、カラスが親に養われたとおり、年いった親を養いかえすのも、みんなみんな、孝行、コーコーッ！　鳥でさえ、こんなに！　ましてやぼくは、ひとのことばをわかり、ひとの情けにも通じてる、キツネッ！」

と子狐。

「どんな無知な畜生かって、孝行がなにかくらいは知ってます。とはいうもんの、もうぼくに、親はいてまへん……。せめての頼みは、その、初音の鼓……千年生きるその神通力で、皮にたましい宿り、こころがはいってるなら、鼓こそすなわち、トーサン！　カーサン！　そばに付き従ってお守りするのが、せめてもの孝行、とおもいいたりましたが、はあ、ナサケナイ！　禁中に置かれてあっては、八百万《やおよろず》の神々が寝ずの番、畏れ多て、とうてい近づくことできまへん。あーあ、頼みもツナも切れ果てた！　前世でいったい、どんな悪行やらかしたか。ひとに呪《のろ》われて死んだものは、キツネッ！　にうまれかわる、ともいいますし。そんな因果を説くお経まで、うらめしゅうて、うらめしゅうてたまりまへん。昼ひなかに三度、夜に三度と、五臓をしぼって流す、血のナミダッ！　じりじり、胸を焦がし尽くしてきた、大火事みたいな狐火ッ！」

子狐は声を高めます。

「……ところが、こんなに業の深い身にも、おてんとさまのおめぐみが！　不思議なめぐりあわせで、初音の鼓は、義経公の御手にっ！　内裏の外なら問題ないっ！　やったやった！　あの日から、ぼくが、ふた親のそばにいられるのは、ほかでもない、ヨシツネッ！　さまのおかげや。稲荷《いなり》の森の災難のとき、ヨシツネさまがこぼしたことばをきいた。ここに、忠信がいればなあ、て。そこで、せめてものご恩がえし！　その忠信になりかわりッ！　シズカさまのあやういところ、お助け、いたしますとっ！　するとすると、そのごほうびに、なんと、モッタイナイ！　この畜生めに、清《せい》和《わ》天皇の末裔《まつえい》、源九郎義経、のお名前を！　ソラおっそろしい身の冥加《みょうが》ッ！　ぼくは、自分の親に、ただ、コウコウ！　をつくしたい！　親が大事、ダイジッ！　と思いこんだだけ。そのこころが、届きましたんか。大将のお名前いただけるなんて、人間にうまれかわるのとおんなじや。こりゃ、いっそう親が、タイセツ！　こうして片時もはなれず、鼓につきそってマイリマシタッ！

「シズカさまが、ヨシツネさまを恋い慕い、鼓を打つしらべ。みんなには、ただの音色にきこえても、ぼくの耳には、トーサン！　カーサン！　ふたりの声にきこえる。

鼓に呼ばれて、もどったことが、何度もあったでしょ？　で、ついさっきはね……鼓の声が、こんなふうにいうたんです。

オマエノセイデ、忠信ドノガ、ヨシツネサマノ、ゴフシンヲ、コウテル

アンナ忠義ナ、ゴケライヲ、クルシマセテ、ドナイスルノヤ！

オマエガワルイ！　カエレ！　トットト、カエレ！

そう、帰れって、トーサン、カーサンが……はっきり……ワカッタ……ぼく、もとの古巣に、かえるね。シズカさま、いままで、ヨシツネさまの目をごまかしたりしてきて、ほんとうに、どうも、ごめんなさい。どうかどうか、オワビ、おつたえクダサイッ！」

縁の下からのびあがって子狐は、わが親、初音の鼓をまっすぐにみあげ、涙、なみだっ！　のいとまごい。狐の情はひとより深い。

「オトーサン！　オカーサン！　いわれるとおり、ぼく、もう、かえります。とかい

いながら、お名残《なごり》おしく、ナイ、わけナイッ！　おふたりと、お別れしたときは、ちいちゃすぎてなんもわからず、イチニチ、イチニチ、すぎてゆくそのうち、ちょっとの間でも、おそばにいたい、産んでくださった恩に、わずかでもむくいたいと、願ってくらし、泣きあかし、こがれた月日は、四百年、ヨン、ヒャク、ネン、でっせ！」

かけることばも切れ切れに、

「雨乞いのせいで、親をコロされたと思えば、晴れの日がうらめしい。晴れの日に降る、お天気雨は、ぼくのナミダや！　願いかなった喜びとひきかえに、長くつれそう妻ギツネッ！　あいだにうまれた子ギツネッ！　かわいそうに、とおもいながら、荒れ野に捨ててきましたんや。飢えてはないやろか、凍えてへんか、ひょっとして、狩人《かりゅうど》にやられたりしてへんか！……わが子ぉもちょうどいま、こんなふうに、ぼくのことを、慕うてくれてるかもしれまへん」

と狐。

「切っても切れへん因果のきずな、肉も骨も、砕けそなくらい、はは、鎖のしがらみにがんじがらめや！　可愛《かわい》いてたまらん妻と子ぉを振り捨てて、去年の春から、そばに付き添うて、まだ一年たつか、たたへんか、くらいなもんですやん。去《い》ね、といわれて、なんでまあ、ハイ、ワカリマシタ、て、去ねますかいな！　そやかて、おことばに従わへんのも、まさしく不孝、尽くしたこころも、水の泡と消えてまう。ああ、切《せつ》のうて、切のうてたまらん！　いったい、なんちゅう業《ごう》を、負わされてしもたんや！　せめてもの慰め？　ヨシツネさまからいただいた、ありがたいお名前、ゲンクローッ、ゲンクローッ、て末代まで呼ばれたとして……それで、この、ぼくのカナシミーッ！　はいったい、どないなるというんですか！」

泣きくどき、身もだえし、どうどう泣き叫ぶ、大和《やまと》の国の源九郎狐《げんくろうぎつね》と、伝わる、その名もまさに哀れ。静はさすが女ごころ、狐の誠に目をうるませ、奥の間に向きなおるや、

「義経さま、いてはりますか」

申し上げると障子がひらき、

「おう、ここで、ぜんぶきかせてもらった。ひとじゃなかったか。まさか狐とはなあ。かわいそうなやつ……」

源九郎狐、頭《こうべ》を垂れ礼をおくり、おん大将を伏し拝み、伏し拝み、座を立つには立ちながら、鼓のほうを、なつかしげに振り返り、振り返り、そのうち、行くでも、消えるでもない春霞《はるがすみ》につつまれて、姿がだんだんと、おぼろげに、目にみえなくなってゆく。

大将、哀れさのあまり、

「おう、呼び返せ！　静、鼓打てっ！　きっとまた、戻ってくるぞ、鼓、鼓だっ！」

静は再び鼓とります。が、不思議なことに、打ってみたのに音がしない。

「これは？」

と持ち直し、何度も打ちますが、いったいどういうことか、ちっ、とも、ぽっ、とも、音は出ません。

「そうか」

と頷《うなず》く静。

「魂を宿したこの鼓、親子の別れを悲しむあまり、音を止めてしもたのね……。こんな姿になってもなお、そんなにまで、子を思うんやね」

と、こころを打たれ、呆然《ぼうぜん》となっています。

義経公は、

「動物どもの恩愛、その義のこころ、身にしみる、しみてきやがる。俺も同様、父、義朝《よしとも》を長田《おさだ》父子に討たれ、一日の孝行もできなかった。ひかげの鞍馬《くらま》で、ひっそり育ち、せめては兄の頼朝に、義を尽くそうと瀬戸内では、波の浮き沈みに身を投じての必死の忠勤。それがかえって、こんな憎しみを買うことになろうとは！　親とも慕う兄上に、見捨てられたこの義経が、名を譲った源九郎は、前世からの業で苦しみ、俺もまた、同じ業で苦しんでいる！　もろともに、親の愛からひきはがされて！　そもそも、いつの世の、どんな罪の報いから、俺たちは、こんな目にあわなきゃならねえんだ！」

わが身を切るようなその涙に、静もわっと大泣き。目にはまだ、みえないながら、庭のどこかで、自分の身の上とおん大将のご境遇、ひとつに重ねられ、もったいなく、泣きくずれ、涙にくれる源九郎狐、こらえきれずに大声で、

「ワーッ！」

と絶叫、すると、みるみるうちに春霞が晴れ、姿かたちがあらわれます。

義経公は御座を立ち、みずから鼓を取りあげ、

「おう、源九郎！　静を守り、長きにわたっての忠勤、礼のことばもない。禁裏から賜《たまわ》った、もったいない宝ではあるが、この鼓、おまえに取らせるぞ！」

と差し出します。

「な、な、なんと……なんとその、鼓を、この、ぼ、ぼくに！　ああ！　ああ！　あっ、アリガタイアリガタイ！　ウレシイウレシイウレシイ！　ありがとうございますありがとうございます、アリガトウゴザイマスッ！　したいこがれた親鼓、遠慮なく、

ええ！　遠慮なく、チョウダイッ、いたします！　こんなにも深いご恩、どないしょ、どないしょ、たったいまから、ヨシツネさまの陰によりそい、御身のあぶない、そのときは、どんなことになろうとも、この身をなげだし、オマモリッ、いたします！　いやあ、いやあ、かえすがえすも、うれしいなあ！」

と源九郎狐。

「あ、そやそや！　自分ごとにまぎれて、だいじなことというの、忘れとった！　一ッ山の悪僧ども、今夜、このおやしきを、夜討ちにしようとたくらんでおります。けど、どうぞご安心を。ぼくの魔法、神通力で、衆徒どもをたぶらかし、このおやしきに引きいれて……まっぷたつに縦割リッ！　真横に車切リッ！　いっぺんにかかってきよったら、蜘蛛《くも》の手、角縄、十文字！　右袈裟《みぎげさ》切リッ！　左袈裟ッ！　上からくれば沈んで受け、裾を払えばひらりと跳んで、早業、秘術はオテノモノッ！　皆殺しにしてお目にかけます。油断だけは、なさらぬようニッ！」

鼓を取って一礼するや、すっ飛んで、あとかたもなく消えてしまいます。

一部始終をくわしくきいた四郎忠信、驚きをかみしめながら、亀井、駿河とともに、義経公の御前へ進み出ると、

「あの狐めの、誠ある弁舌で、義経さまのご不審も、わたしのこころも、すっきり晴

れましたな」

そう申し上げる間もなく、河連法眼まかりでて、

「『論語』に、子、怪力乱神を語らず、とありますが、さっき源九郎狐がいうてたとおり、今夜、一ッ山の衆徒どもが、たしかに夜討ちをかけてきます。むこう方にはあらかじめ、忍びの者を入れておきましたが、狐のことばと、まるで割り符を合わせたみたいですな。やってくるむこう方を、こちらで迎え撃つか、それとも先手をとり、こちらから討って出るか、どないしましょう」

伺いをたてます。四郎兵衛忠信は、

「いい策がございます。狐に譲りはしましたが、もともとは、拙者がわが君より賜った姓名。源九郎義経として、このわたしが君にかわって討ち死にすれば、いったん事は鎮まりましょう。わが君さま、ひとえに、お許しを、お願いつかまつります」

切羽詰まった提案に、義経公は、

「俺にも、いくつか考えがある。まだここから落ちのびるわけにはいかんからな、忠信、おまえ、俺の名を名乗って、衆徒どものの目をしばらく引きつけておけ。おまえが死ぬときは、俺も死ぬときだ。いいか、誓って、討ち死にだけはするな」

と忠信に、御自身の刀を渡されます。まごころのこもったことばを胸に、忠信が出

ていくのを見送ると、

「静、こい」

と、静御前を連れて奥の間へはいります。

ほどなくやってきたのは、山科の荒法橋。威張りくさった大太刀姿に、大仰《おおぎょう》な身振りで、行く手を指さしながら、案内もないままずいずい通り、

「法眼どの、法眼どの、さっきは、わざわざ来てもろたようで、すまんかった。義経、つかまえたんやて。お手柄やないか、さっそく寄せてもうたで」

一同、目をみあわせる。さては源九郎が、鼓の御礼にあやつをおびきだしたなと、心中でうなずきます。

「いかにもいかにも」

と法眼、

「縛って奥座敷に転がしたある。さ、こっちへ」

と先に立ち、亀井に目配せした瞬間、心得た、と亀井は、法橋の利《き》き腕《うで》とり、床も砕けよ、と頭転倒《ずでんどう》！　立てないでいるところ、踏みつけ踏みつけ、捕り縄で縛り、宙に軽々引っぱりあげると、

「ようし、大将にお目にかけよ」

と勇んでいく。九郎義経でなく、源九郎狐の計略です。

次に来たのは梅本の鬼佐渡。なんにでも片端から食いつこうという面つき。目にはみえない源九郎狐に、謀られて来たとは気づかずに、白々の衣きて、袖を肩までぐるっとめくり、屋敷のすみからすみまでぐるっと睨《ね》めつけ、

「いや、法眼どの、さっきは、ええお知らせをどうも。ご帰宅はまだかとおもうたが、いや、なにからなにまで手回しがよろしいな。で、義経はどこに」

さもでかしたといった顔の、鼻の下長々とのばし、廊下をするする抜けたところ、板間で駿河に足を払われ、すってんころり、滑ったところを踏みのめされ、

「し、しまった！」

手間暇かからず、同じく奥へ、引っ立てられていきます。

三番目は、返り坂の薬医坊。くるくる道で、目もくるくる、仏頂面で、

「やれ急げ、それ急げ、おお、いくわいいくわい、ちょい、待て待て待て、こらそんなにひっぱるな、着物、衣がやぶけるやろ！　このお使いめ、ほんま、無礼なやっちゃな！」

狐に化かされ、なにをいうやら、わけがわからぬことばのうちにさえ、けちんばぶりがにじんでおります。

「おお、待ちかねたぞ、薬医坊！　さあ、こっちゃ」

と法眼は、顔を近寄せ、かとおもえば、手首をぐっと真上にねじあげ、

「アイタタタ、こら、なにする？」

「こないする！」

と、そのまんま、でか坊主を頭の上にかつぎあげます。

「おまはんは、この法眼の手料理のねたや。義経公のお好みをきいて、包丁いれたる！」

哄笑《こうしょう》しながら奥へのしのし、比類のないその勇猛さ。

つゆ知らず、ゆらーり、ゆらりとはいってくるのは、異形の男、横川の覚範。刃先も白々と、大長刀《おおなぎなた》、柄《つか》のいしづき、かんかん土に突き鳴らし、衣の下は海老胴鎖《えびどうぐさり》、頭に袈裟をひっかぶって、大庭に仁王立ちすると、

「河連どのは、どこにおられる。まいりましたぞ。奥へ、うかがいましょうか。ごめん、ごめん！」

呼ばわりながら歩みゆく。

と、うしろの障子のむこうから、

「平家の大将、能登守教経《のとのかみのりつね》、待てっ！」

声かけられ、思わずきっと振り返ったが、

「む、声だけで姿はない。わしを呼んだんやなかろう。ききおぼえのない名前で、いきなり声かけられてびっくりしたわ。ハハハハ、きまりわるいの」

ひとりごち、行き過ぎようとしたところ、

「おい、逃げるな、教経能登守！　九郎判官義経、待ちわびたぞ」

障子がさっと開く。覚範はわかっていたように、長刀の柄を抱え込み、いまにも飛びかからんばかりに身構えます。

義経、にっこり笑いかけ、

「その、平家の紅の旗印、いくら衆徒にまぎれようが、見損なうもんか。さすが泳ぎ達者の教経、屋島の沖で入水したようにみせかけ、底まで潜って浮かびあがり、こうして生きのびていたこと、前々から知ってたよ。逃げかくれするな」

と余裕の物言い。

「ふん、しゃらくさいせりふ。教経でも誰でもかまわん。この覚範に敵しながら、丸腰で向き合おうとは、見のがしてもらうための追従《ついしょう》か。命おしさにあがきよって、ご苦労、ごっ九郎」

とあざ笑います。

「偉そうにいったもんだ」

と義経。

「弓はさておき、太刀さばきで負けるもんか。天命の尽きた平家の刃《やいば》、この俺の身に突いて立つなら、立たせてみせろよ、能登守」

とことば半ばで、教経が上段から、長刀で薙《な》ぎかかる。義経、小太刀で、カラン！　チョチョウ！　ハッシ！　と受けます。長刀持ちなおすと、教経は、いしづきで胴腹突き破ろうと、柄を下へ突っこむ。義経、ぱっと蹴かえす。教経、さっと突きいる。押され気味の義経、勇ましいことばに反し、奥へと逃げこみます。

逃すものか、と教経は、奥の間の障子を蹴とばし、蹴とばし、躍りこもうとする。と、驚いたことに、障子の先、しつらえた玉座の上に、安徳《あんとく》天皇の気高く、おうつくしい姿が。

「こ、これは、なんということか！　なぜ、このような場所におわしますか」

教経は胸さわがせ、声高々と訴えます。

帝《みかど》は気高いその声で、

「おばあさまもいれて、一門のこらず、海にしずんだときいていたけれど、教経は、ぶじだったのか」

ります。

「はっ！」

頭巾《ずきん》かなぐり捨てるや、どっと黒髪。平伏すると、鎧《よろい》の両袖ががっきと前で合わさ
「あの舟の上で、わたくしの乳母の子、讃岐《さぬき》の六郎というものが、能登守教経と名乗り、安芸太郎《あきのたろう》兄弟を左右にはさみ、海へ飛びこみ、藻屑《もくず》と消えました。この教経は、ひそかに磯《いそ》にあがり、祈禱《きとう》坊主の山科法橋をたよっていき、そうして、覚範なる僧に身をやつしたのです。恨みを晴らそうと、義経を追って駆けこんだこの場所に、帝さまがおわしますとは！　とらわれておしまいか、それとも……いったい、どうされたのです？」

そう申し上げると、まだ幼い天皇も、

「教経、おまえも知っているとおり、屋島の内裏をはなれてから、よるべもなく、ただ時機を待ちわびてすごしているうち、義経にめぐりあった。源氏の武士の情けのこころに、知盛《とももり》は、感じいって、わたしのことをくれぐれも頼む、そういいおいて、海へはいった。その大物浦《だいもつのうら》から、いっしょに、ここへ移ってきたんだよ。いまこうして、おまえに会えたのも、ぜんぶ義経のはからいなんだよ」

目に涙を浮かべながら、

「この国の帝として、うまれてはきたけれど、知らぬ間に、天照大神のおこころに、そむいていたのかな。わたしのおさめる、わたしの国で、ほかならぬ、わたしの臣民に悩まされ、わたしの国にいながら、肩身がせまい、こんな身の上で、わたしはただ、母上さまが恋しいよ。都に暮らしたあのころは、富士の白雪、吉野《よしの》の春をみたいものだと願った。いまは、はるか遠く大原《おおはら》の里にいらっしゃる。母上を恋しく慕う身に、花も吉野も意味はないよ。わたしのこの、せつなさが、わかるか？」

その場に伏せ、おいたわしくもお泣きになる。

「しまった、ああ、やられた」

と教経。

「知盛も、この教経も、うまく謀り、万全の計略をたてた、そうおもいこんでいた。すべて義経に見透かされておった！　よくよく、武運は尽きた。くやしいが、是非もないわ」

かみしめる、無念の奥歯から血がにじみ、握りつめた手の裏まで、爪が突きとおるほど。たまった涙をこらえてとどめる、まぶたの重さは数百斤にも。

しおれかけた目をかっと見開き、

「いや、我ながら、迂闊《うかつ》だった！　屋島の戦で、組み合おうとしたとき、義経が、平家の舟八艘《はっそう》を、飛び移り、飛び移りしたのは、こちらの計略をさぐるため！　おびえて逃げたのではなかった！　いままた、奥の間に逃げ込んだのも、わしの計略に、というに気づいておったため。その上で、安徳《あんとく》帝との対面、かなえてくれたのは、まさしく、武士の情け！　いまはその命、預けておこう。勝負はもちこし、今日は、このまま帰るとしよう。さあ、それまでは、帝さま、教経の隠れ家にお連れしましょう。ふたたび広い、平氏の世をとりもどし、お母上にも、きっとお逢《あ》わせいたします。いざ、お供いたしますぞ！」

と胸に抱きたてまつる。右手には長柄の大長刀。

「憂しこの世！　この左腕を、牛車と思ってお乗りくださりませ」

出発しようとしたところ、

「えい！」

「えい！」

「やあ！」

と、三振りの太刀音に、教経ははっと長刀を引いて構えます。振り向く間もなく駆けてくるのは、亀井に駿河、河連法眼。それぞれが、血糊《ちのり》の刀と首をひっ抱え、

「卑怯やないか、能登守どの」

「一味の衆徒ども、みながみな、このように討ちとったぞ」

「帝を人質にとりよって、きたない逃げ足や」

「もう門は閉めた。逃げ場はないわい」

「さあ、勝負か、降参か！」

「返事は、ふたつにひとつ！」

声をそろえていう三人を、いいおわらせもせずにぐっと睨めつけ、

「顎の勝手に動くまま、この俺が降参とは、おのれらのような性根腐れが、ようもまあ、この教経に、ぬかしおったものだわ。ええか、おまえらの首、一個ずつもって帰るなんぞ、なあんの手間暇もいらんのや。帝さまを、この俺に託してくれた、義経の情けをくんで、命ばかりは助け、ひとまず帰ってやろうという、そのわがこころを、ありがたいとも思わずに、なにぃ、逃げるやと？　無礼千万！　にらみ殺してやりたいところやけれども、お連れする、安徳帝の、御身がけがれる！　うしろにさがって三拝せえ！」

「えらそうにぬかしよって！　ぶちのめしたれ！」

三人、三方から取り巻き、砂踏み鳴らして詰め寄ると、縁の上に、教経は韋駄天《いだてん》立ち。見下す目つきは角立って、にらみ、にらみ合うそのまんなかで、帝はふるえ、恐

ろしさにもう気を失わんばかり。

「おい、待て、控えろ！」

と、義経公の声。烏帽子《えぼし》に狩衣《かりぎぬ》、礼装をまとい、鎧も兜も着けていません。

「行幸の道をさえぎり、君臣の礼を乱すとは、なんて畏れ多い。みな静まれ。この俺だって、帝をお見送りするため、こうして正装にあらためてきたんだ」

と義経。

「平家には、もはや、天を利する徳はなく、地を利する術《すべ》もない。教経ひとり、このまま帰したところで、その先は知れてるさ。だとすれば、おまえらの手でなく、ここに、居合わすことのできなかった、忠信に討たせてやろうじゃないか。兄、佐藤次信《つぎのぶ》の、敵討ちになるだろう。浮かばれずにいる妄念も、きっと消え去る」

そして、教経を見やると、

「教経は世をはばかる身、また、この義経も世をはばかる身だ。互いに、城も盾もないまま、吉野の花矢倉をいくさ場に、勝負を決するとしよう。帝は入水《じゅすい》しておかくれになったと、都ではみなそんなふうに思いこんでいるから、どちらが勝とうが負けようが、安徳帝さまのお身の上がどうかなるわけじゃない。だからな、なにがあろうと、けっして、帝さまを手にかけたりするなよ」

「こころづくしのことば、感謝する」

と教経。

「この教経、些細《ささい》なことに、かかずらうものではない。義経だけを狙いはせん、天下に顔をきかせる頼朝の首とって、かならず、安徳帝の御代《みよ》に戻してやる！　そのときは義経、帝さまに申し上げて、荘園のひとつふたつ、おまえにもくだされるよう計ってやろう」

「なんだと、教経！」

憤る義経。

「この俺を狙うだけならこのまま帰すが、兄頼朝を狙うだと！　聞き捨てならん！」

立ちあがり、帯刀に手をかける。あわや、というところ、君を守護する源九郎狐、目にはみえぬ姿のまま、その心中に飛びこんで、

「こ、このまま斬ってしまわれては、ぼくが名を借りた、忠信ッ、さまが、お兄さまの敵をうてず、きっと残念がります！　ね、ね、ヨシツネさまっ！　お気をしずめてッ！」

と必死になだめます。

「さらばだ、義経！」

と教経。

「帝のお命助けてくれた、その情けへの礼として、今後おまえには、教経や、能登守としてはもう敵対せん。今度会うとき、俺の名は、横川の覚範。吉野山で、忠信と相対し、勝負を決するとしよう。われらふたりの命は、そのときまで預けおくぞ。では、帝のお発ちや！　下郎ども、道みちの警護せい！」

と呼ばわると、また安徳帝を抱きあげます。

帝でありながら君主にはなれない安徳帝を、家来でありながら家臣にはなれない僧侶、横川の覚範が支え、敵方ながら、源氏の大将義経が、高々と警蹕《けいひつ》の声をあげての先払い。その様はまさに、威儀あり、意趣あり、情けあり。

河連法眼は先駆の役、駿河の次郎が雑役、亀井の六郎は警固。官人ならぬ堪忍の、二字を守って進んでいく。みすみす敵を見のがす無念のあらわれか、義経の腰では、銀魚袋《ぎんぎょたい》と刀の鯉口《こいぐち》が、ぎんぎろりと光っています。

「ここからは門の外」

と義経。

「ひと目もある。お供はここまで。どうぞご無事で」

と深々、頭をさげても、顔と顔、にらんでわかれる両大将。

源九郎義経は、義の字を訓読みすれば、源九郎「よし」つね、音読みすれば、源九郎「ぎ」つね。「義」に「義」が深くつきそって、やまとことばの物語、義経千本桜、その名も高く、いまもこの世に響いております。

第五

吉野《よしの》山《やま》の段

山々はみな真白の白、純銀の雪景色のなか、木々の梢《こずえ》がするどく光っている。

佐藤忠信《さとうただのぶ》、大音声で、

「清和《せいわ》天皇の末裔《まつえい》、検非違使《けんびいし》五位の尉《じょう》、源義経《みなもとのよしつね》なり！　兄頼朝《よりとも》の家来どもめ、この俺に敵対するとは、まさしく、主に刃向かう謀反人！　天狗《てんぐ》に習った魔術を使い、まとめて蹴殺し、谷川の水屑《みくず》にしてやる！　覚悟せい！」

右に左に取りまいた、鎌倉方の讒者《ざんしゃ》一味のものども、声々に、

「やい、主従だと、笑わせるな」

「主か主でないか、討ちとって、はっきりさせてやるわ」

「かかれ、かかれっ！」

といっせいに打ちかかるのを、忠信はこともなく、右へなぎたて左へはらい、斬《き》りつけ斬り裂き斬りはらっていきます。

「おい、引け！」

「ひとまず、逃げろ！」

逃がすものかと忠信は、きつい山道、足にまかせて追っかけていく。

平家の大将、能《の》登守教経《とのかみのりつね》は、忠信との勝負にそなえ、約束どおりの衆徒頭巾、身なりも立派な横川覚範《よかわのかくはん》に姿を変えている。ひとにはそうと知られぬまま、しら雪踏み踏み、歩いていきます。

山端《やまはな》の岩角につまずきもせず、鎌倉方を追い散らし、戻ってきた忠信、かねて交わした約束の、敵がむこうに待ち受けている。鎌倉勢の戻ってこないうち、名乗り合ってさあ勝負と、近寄る相手をにこやかに、笑って待つのは勇将義士、たがいに招かれ招きあい、

「去年三月、屋《や》島《しま》の磯《いそ》で、大将の馬のまん前に立ちふさがり、その忠心を射られ、息絶えた、佐《さ》藤三郎兵衛次信《とうさぶろうひょうえつぎのぶ》の弟、四《し》郎兵衛忠信《ろうひょうえただのぶ》だ。兄のかたき、平家の大将能登守教経よ、恨みの刃《やいば》、うけてみよ」

と名乗り出る。

「おう、殊勝やの、忠信。兄の敵を、と名乗りでるからには、討たれてやりたいのはやまやまのところやが、この教経には、安徳帝《あんとく》をおまもりし、ふたたび天下を取りもどそうという算段がある。不憫《ふびん》ではあるが、返り討ちに遭わせてくれる。冥途《めいど》で兄に、事情を話せ。横川の禅師、この覚範が、引導を渡してやろう」

そりかえった長刀《なぎなた》を杖《つえ》に、カンラ、カンラ、と哄笑《こうしょう》。

ことばを戦わせ終わるやすぐ、忠信、まっこうかざしに斬りかかる大太刀。覚範すばやくかわし、はたはた、はっし、と合わせる長刀。ひっぱずして忠信が、すっと斬り入るその太刀を、覚範、ぐりっと払い、薙《な》ぎ、打ち、薙ぎ、打ち。その手を忠信こともなくはずし、右にかかれば左へ。では左へ、と覚範は長刀もちなおし、刃で斬っては、いしづきで突く。長刀と太刀の打ち合う刃、てん、てん！　からん！　からん！　てん！　から紅に鎧《よろい》を染める血潮、まだどちらとも、勝ち色はつきません。

覚範が何度も打ちかかり、忠信はひらりと飛んで、桜の枝上にすっと立つ。長刀を握りなおした覚範は、桜の木にはすに、ずっか、と斬りかけ、その切り口を力任せに踏み蹴ると、めりめりめり、と幹が折れ、谷のむこうへ倒れかかる。その木に乗ったまま忠信は、むこうの崖に渡り越します。まるで丸木の架け橋のよう。

おあつらえむき、と踏みしめ踏みしめ、不敵の勇猛将、平教経が渡ってきましたが、つい足をすべらせ、まっさかさまに谷底へ、落下しようかというその瞬間、枝に両足からませて、ぶらーりぶらりと逆さづり。よし、ひと太刀に、と斬りかかる、忠信の太刀先を、ぐらんぐらんと長刀で、水車のようになぎ払っていく。逆さのまんま、いしづきで鎧を叩《たた》く音、その刃を受けとめる鍔《つば》の音、からん、ばったばた！　かちん、ばったん！　両者すさまじい戦ぶりです。

追い散らされた鎌倉勢、

「忠信、まてい！」

ととって返し、またばらばらと討ちかかるのを、

「ええい、邪魔邪魔！」

と渡り合い、打ち合うそのままの勢いで、忠信は、桜にかかった覚範の両足を、ぶった切ろうと斬りかかった刹那《せつな》、覚範の足は枝から離れ、その身は谷底へまっさかさま。忠信、底を見届けると、鎌倉勢を皆殺しに、と追っていきます。

谷の底では教経が、岩場に長刀突っ立てて、鍛え抜かれたその足で、一気に駆けあがろうとしております。が、雪で凍った土くだけ、氷柱《つらら》で岩はつるっつる、のぼろうとしても滑る滑る。そばの梅の枝足がかりに、半ばあがった岩の上。

鎌倉勢を追い散らし、左手のほうへ駆けてきた佐藤忠信、

「覚範、ここへ！」

と差し招きますが、教経がのぼろうとする間もなく、

「もう遅い！　忠信からそっちへいくぞ！」

と言い捨てると、忠信は、みあげるほどの頂上より、ふわり、と飛びおります。飛ぶ鳥よりはるかに軽やかに。我も、と覚範つづいて飛びあがると、なんと鎧の高紐《たかひも》と総角《あげまき》が、枝にひっかかって、ぶらりぶらぶら、まるでこどもが空中で、ぶらんこ遊びに興じるかのよう。

身動きできないところに、忠信が斬りつけてくる刃を、身を背け、くるりとまわってよけたところ、刀は枝を、ずっかりと斬る。これぞ天の助けと、地表におりた覚範は、大手をひろげて待ちうけています。相手の忠信も太刀投げ捨て、たがいに、

「えいやっ！」

ふたり組み打つ。

「どうだ、どうだッ！」

と忠信が、毘沙門腰《びしゃもんごし》で押しかかれば、教経は、ひらりとよけて、

「どっこい！」

と、踏みとどまる摩利支天《まりしてん》。

雪ふみちらして戦っているうち、かたく組み付いた小手先を、もぎ離された忠信が、ふたたび組み寄ろうとするところを、覚範は、ぐっとつかみ、かっぱと投げ、膝《ひざ》に組み敷きます。と、そのときです。なんと不思議なことか、もうひとりの忠信が、また駆けてくる。のしかかった覚範の、鎧の隙間《すきま》に斬りつける。

斬られて覚範、ひるまずに振り返り、見やってびっくり、

「おまえは、忠信? なら、こいつはなんじゃ!」

と、引き敷いた鎧の高紐つかんで引っ張り上げると、それは忠信でなく、義経公より授けられた、鎧があるだけ。

「いったい……!」

呆然《ぼうぜん》とするその隙をのがさず、駆けてきた忠信、斬りつけ斬りつけ、さらに斬りつけます。

たちまち深手を負わされ、さすがの猛将能登守も、

「さあ、こい、首取れ」

ことばより早く、義経公は駆けつけ、

「きこえるか、教経。安徳帝は大原《おおはら》の里で御出家され、御母君のお弟子となられたぞ。天下に名高い教経であっても、神通力、自在にあやつる源九郎狐《げんくろうぎつね》が力を注いだその鎧

には、たちうちできなかったみたいだな」

いいおわりもしないうちに、思いがけなく登場したのは、義経の舅《しゅうと》、川越太郎重頼《かわごえたろうしげより》。あの左大将朝方《ともかた》を、ゆるりと後ろ手に縛り、

「おひさしゅうございます、義経公。賜《たまわ》った初音《はつね》の鼓《つづみ》にことよせ、頼朝さま追討の院宣《いんぜん》、などといいたてておったのは、この朝方の策謀に、ほかならなかったとわかりました。義経公に、処分をまかせると、法皇さまがおっしゃっておられます」

耳にするや教経、立ちあがり、

「ううむ、平家追討の院宣も、朝方の仕業であったと噂《うわさ》にきいた。こやつをぶち殺さんで、なんでわが一門へ言い訳たつか」

というより早くその首打ち落とし、そうして、

「さあさ、義経よ、この教経の首はよう取れ」

いいおわらせもせず、

「いやいや、能登守教経どのは、屋島の沖で入水《じゅすい》し、立派に果てられた」

と義経。

「横川の覚範の首級は、忠信、さあ、おまえに！」

仰せのうちに、刀振り上げ、兄の敵を討ちおさめ、と同時に、平らにおさまる、こ

の天下。

奥州《おうしゅう》へいくもの。大原まで帰るもの。

平家の一門打ちほろぼし、四海は太平に、民は安寧に。五穀豊穣《ごこくほうじょう》の季節をかさね、穂に穂さかえる秋津国《あきつくに》、繁盛はんじょう、だいはんじょう。

全集版あとがき

鼓をうてば、いつでもそこに

舞台をじっさい、目の当たりにするまで、「時代劇の人形劇」くらいの認識しかなかった。

高校を卒業し、ミナミをぶらぶらうろついていたある日、妙なひと立《だ》ちが目についた。近づいてみると、芝居小屋っぽい旗が何本も立っている。なかにはいり、受付のひとにたずねてみたら、当日券で、まだ入れるとのこと。古いのか新しいのかわからない、赤いじゅうたんの匂いは、いまもなんとなく鼻の奥に残っている。

登場した黒子に、まず笑いが出た。「トーザイトーザイ」とか「アイツトメマスルハ」とか、顔を隠しながらも太い声でしゃべっていて、これじゃぜんぜん黒子じゃない。と、虚を突くように、右手の壁板がどんでん返しのように、ぎったん、とまわり、しかめっつらの老人（当時はみなそうみえた）がふたり、正座したまま現れた。

ひとりは三味線係でまあいいとして、もうひとりは、鬼の将棋盤みたいな大仰な机の上から、紙の束をもちあげて、恭しく一礼すると、とぐろを巻く雷みたいなガラガラ声でうなりはじめる。そのときにはもう舞台に人形が出ている。脇役にかこまれ、しずしずと登場したお嬢さま人形を支えるのは、ふたりの黒子、それに、顔出しのおっちゃんである。さっきのガラガラ声が、甲高いキリキリ声にかわり、するとお嬢さまは手をさしあげたり上体をよじったりする。

「これらの老人たちが合わさって、お嬢さま、ということで、この芝居は進行していく」

と気づき、衝撃に揺さぶられながら最後まで文楽を見た。人形のひと、声をだすひと、三味線のひと、誰も互いに目を合わせたりせず、黙々と自分の仕事をこなす。ずれたり重なったり、伸び縮みしたりする。その日から、なんとはなく、文楽劇場に足が向くようになった。

文楽と、小説を読むのは似ている。人形・登場人物は、黙してしゃべらない。なのにどこからか、小説のなかに、声が響いてくる。三味線がつくりだす、伸び縮みする時間にそっくりに、過去、現在、未来の時間が、読んでいるさなか混じり合い、日常とは別のリズムですすみはじめる。

文楽の人形は、演技でなく、ほんとうに死ぬ。腹を貫かれ、首を討たれ、崖から飛び降りる瞬間、舞台上に、ぽん、と投げ出され、地に落ちたらそれっきり動かなくなる。どんな名優でもそうはいかない。俳優は演技の時間を生き、演技の時間を死ぬけれど、文楽の人形はほんとうに死ぬがゆえ、ほんとうに生きている、ともいえる。小説の登場人物も、演技ではなく、ほんとうに生き、ほんとうに死ぬ。死んだその瞬間、見守っている客、読者に、目にはみえない生命の光を、文楽・小説の内側からそそぎかける。

『義経千本桜《よしつねせんぼんざくら》』を通読するあいだ、僕のからだは、不恰好な劇場となっていた。武蔵《むさし》坊弁慶《ぼうべんけい》の顔、静御前の体型、平家の武将たちの目玉を、闇のなかに浮かべながら、少しずつ読んだ。きこえてくる声は、はじめ、どんな太夫のものよりか細く、遠かった。じょじょに近づいてき、かとおもえばまた遠ざかり、けれどもその、一見不規則な波うちが、じょじょに、『義経千本桜』を読んでいく、杖のリズムのようになっていった。声をさぐっているとおもっていたら、声に導かれていた。

古典でも外国語でも、翻訳とは「透明になること」とおもっている。夾雑物《きょうざつぶつ》のないチューブとなって、原文を、いつのまにか風が吹いて勝手にそうなっていました、といわんばかりの自然さで、訳文に移すこと。そんな、修行を積んだ高僧のようなまねは、僕のようなものにはとうていできない。できるだけ、原文の声に導かれるまま進んだつもりだけれども、ときどき道草を食ったり、意味のわからない跳躍をしたり、夾雑物がそこここにつきでた『義経千本桜』になってしまったとおもう。まあ、雑味があるから旨味《うまみ》も生きる、なんていう、いいまわしもあるし。

その旨味。文楽劇場でも感じた。『義経千本桜』の特徴、すごさは、とてつもない「広さ」だと。どこまでいってもどこまでいっても、端がみえない。だから、物語に、中心がない。あるようにみえて、ある、とおもってみればその中心はもうその場所にはない。読んでいても、舞台をみていても、おだやかにはじまる『義経千本桜』は、いつのまにかこちら側をのみこんでいて、こまかなふるえでなく、地球全体を吹きわたる巨大な風のように、日常の時間をゆったりと、確実に揺さぶり、その表と裏を、何度も何度もひっくりかえしながら、えんえんと進んでいく。

その世界に終わりはない。鼓を打てば、いつでも戻ってくる源九郎狐《げんくろうぎつね》のように、ページさえひらけば、いつでもその場所から、ページをこえ、本をこえ、まわりの風景さえ軽々とこえて、『義経千本桜』の声は、広々と、海原の波のように響きわたっていく。

参考文献

・「義経千本桜」角田一郎・内山美樹子　校注（新日本古典文学大系93『竹田出雲・並木宗輔　浄瑠璃集』所収）岩波書店　一九九一年

文庫版あとがき

源氏物語の話からはじめよう。

二〇一七年の春から「京都新聞」に現代語訳を連載していた（のちに『げんじものがたり』として刊行された）。連載中しばしば、鴨川のそばの自宅から自転車で五分ほどの廬山寺《ろざんじ》を訪ねた。もともとこの土地に建っていた私邸で、紫式部はこの長い物語を著した。

訳していて自然と、距離、ということを考えた。自転車でほんの近く、という条件も大きかったと思う。紫式部の記した文章を読んでいて、ひとでも、風景でも、出来事でも、手の届かないほど遠くに感じたことが一度もなかった。

かえって、間近に感じた。暮らしているエリアでおきたことを、いま、目の前で語られている、そんな感覚に幾度も包まれた。当たり前かもしれない。式部さん（訳業中、そう呼びかけていた）の時代、この物語は、現在、京都御所といわれる地域の、ごく限られたひとたちのあいだでのみ読まれた。読者も書き手も、みな、息がかかるほどの距離のなかで住み暮らしていた。

　この物語を、書物のかたちで持っている者はきわめて少なかった。長い時間をかけて、大勢がまわし読みした。あるいは、ほとんどの場合、声がよく、節《ふし》まわしの巧みな女房や女官が、まわりに読んできかせたろう。みな膝をすすめ、まるで目の前で式部さんが語っているかのように、物語の声に耳をすませたろう。


　どちらの帝《みかど》さまの、頃やったやろなあ。女御《にょうご》やら、更衣《こうい》やら……ぎょうさんいたはるお妃《きさき》はんのなかでも、そんな、とりたてていしたご身分でもあらへんのに、えらい、とくべつなご寵愛をうけはった、更衣はんがいたはってねえ。（「きりつぼ」より）

「いやあ、かいらしい子やったなあ」

て、光君《ひかるくん》。

「なーるほど、イケイケの先輩らて、こんな感じのちょっとした遠出で、かいらしい子ぉ見つけはるんやな。たまたま、ふらっとこんなとこ来ただけで、僕かて、

ビンゴ、やもんな……」(「わかむらさき」より)

きっと、はじめから一ページずつ読み進められるものでもなかった。リクエストに応じ、順番を入れ替えたり、紫の上のエピソードばかりつなげたり、エロい場面だけひそかに囁《ささや》きあったり、その読まれかたはおそらく、いまよりずっと自由だったはずだ。

式部さんは、書いたものの印刷を前提としていなかった。筆写はおおぜいで手分けして行われた。写しおわった書物は、ひとり黙々と読むためでなく、おおぜいの前で読んできかせる台本のように流通した。

著者と読者の関係は、現在のように一対一でなかった。ゆるやかにつながりあった、おおぜいの共有物として、当時の「ものがたり」は存在した。

「げんじものがたり」の前に、「義経千本桜」を訳していたからこそ、そのような気づきがあったのだと思う。ふらりと文楽劇場にはいった十代のある日に、もしくは、祖母とテレビで文楽を見はじめた幼いころに、その気づきの種は、ぼくのなかに埋めこまれていたのかもしれない。

浄瑠璃《じょうるり》は、古文ではない。目の前で語られる「声」だ。芝居小屋ができる前から、文楽は、お客たちの前で太夫が語る、文字にならない「声」の物語だった。語りと節まわしが記された「床本《ゆかほん》」は、舞台にあがった太夫以外には「読まれない」。

江戸時代初期に「絵入り浄瑠璃本」がはやったことがある。舞台の様子をカラフルに描いた挿《さ》し絵《え》に、細い字で、義太夫の語りが記されている。ある程度の部数が版画で刷られたが、江戸中期以降、絵がなく、そのかわりに節まわしが記された、練習用の読本のほうが多く出まわることになった。あくまで「声」を出すための台本だった。

ぼく自身、劇場に通いはじめて以降、丸本《まるほん》を読んでみよう、と手をのばしたことは一度もなかった。文楽は「声」だ。演じる太夫がちがうなら、発せられる「声」、すなわち文楽もちがう。だからこそ、見たことのある演目であろうが、お客たちはわくわくと胸を高鳴らせ劇場に足をはこぶ。

語られる「声」は、耳障《みみざわ》りのよい朗読ではない。肉のきしみ、血の咆哮《ほうこう》、縁のちぎれ、ぶつかり合い、人間の生死が燃えあがる音だ。太夫は語りに命をかける。幕がおりていく舞台の上で、人形が死んでいるとき、演じ終えた太夫もまわり舞台で息絶えている。

東京に住んでいたころ、立川談志の「寝床」を高座できいた。素人義太夫に凝《こ》った長屋の大家が、自分の十八番を披露しようと店子たちに声をかける。店子全員、仮病など理由をつけて出席を断ると、ふだん人のいい大家は怒り狂う。酔っぱらってきけば、ヘタな義太夫も我慢できるだろう。店子たちは酒をのんで座敷で寝入ってしまう。

談志の語る「義太夫のおそろしさ」がすごかった。こと義太夫になると大家は人間が変わってしまう。語りながら見台《けんだい》にとりすがって放そうとしない。番頭が耳を押さえ家じゅう逃げまわっても、大家は見台を抱えたまま語りながら追いかける。番頭は命からがら土蔵に逃げこむ。大家ははしごをかけて蔵の窓から「義太夫を語りこむ」。「てえへんだ、義太夫が渦を巻いてのびてゆく。義太夫に巻かれて番頭は七転八倒……」。

そんな途方もなさを胸に、二〇〇七年「塩浄瑠璃」という短編を書いた（「塩」と改題し『四とそれ以上の国』に収録）。女義太夫にとりつかれた娘とその一族が、塩の街と化した高松で命を燃やし尽くす話だ。ひたすら語り、語られ、語り終えたはずなのに、まだどこかで語っている。そんな妙な節まわしで、ことばが「渦を巻いてのびてゆく」。

からだがギュンと火照《ほて》った。薄い木綿が汗ばむ腿と胸にまとわりつく。まとわりついたのは木綿の安い着物だけではなく、ウキの声はお里で、沢市で、その両方だった。三つ違いの兄さんと妹だった。俺は尻を引きずり後ずさろうとするが、じーんじーんと空気を震わせ、降ってくるウキの女義太夫に全身を押さえられ、一歩だって動けない。中庭の土に筋が浮かぶ。それも、同時に何本も浮きあがって、ブワッ、ブワッと土を舞い上げ、中庭じゅうをぐるぐるまわりはじめる。それぞれ別なのか、それとも土中で一本につながっているのか。(「塩」より)

発表した当初は「いしいは頭がどうかなったのではないか」、みたいな評がいくつもあがった。生きた「声」のかたまりみたいな、こんな話が自分から飛びだしてきたことに、ぼくはひとりで満足していた。おそらく、ここに書かれた「声」が縁の緒となって、「義経千本桜を訳してみないか」という話につながっていったのだと思う。

ひとはふだん、自分が生きていることをさほど意識しない。目ざめて朝食を食べ、学校や仕事にでかけ、知り合いと話し、ネットに書きこみ、映画や芝居を見て帰り、夕食を食べて眠る。

みずからの生の希有さ、ありがたみに気づくのは、自分もふくめた近くの人間の身がこの世から消えかかったとき、あるいは消え失せた後になってからだ。ぼくたちははじめて自分の「声」に気づく。生きたかった、生きていてほしかった、と「声」は叫んでいる。そのひとが消え失せるまで結ばれていた縁について、ことばにならない「声」で語り尽くそうとする。

そのような「声」の積み重なりでできている文楽の演目中、「声」の厚み、広がり、自在さにおいて、「義経千本桜」は群を抜いている作品だと思う。何度くりかえし足を運んでも、うまれてはじめて文楽という芸能を味わう喜びがまっさらに湧きあがる。出てくる人物たちの「声」が、すべて新鮮で、たえまなく「生きたかった」「生きていてほしかった」と叫びつづけている。

舞台でなじんだ文楽の演目を、一冊の読みものに変換する。くりかえすが、浄瑠璃は古文でない。「声」がきこえてくるのでなければ、文楽ではない。

たえず「語り」を意識しながら訳文をつづった。ぼくが語るのでない。誰か特定の、太夫を想定してもいない。「透明な声」が、耳の奥に自然とひびいてくる、そんな風に読めるよう、自分がこれまで体験した「義経千本桜」に耳をすませ、「透明な声」が導いてくれるままに、ことばを重ねた。

声に出して読んでみると、「透明な声」は読み手それぞれの声色にさっと染まる。気を入れて読めば読むほど舞台上の太夫に接近してゆく。読んでいるあいだ、読まれているあいだだけ、自分たちはこうして生きていると、弁慶が、権太《ごんた》が、狐が、平家の兄弟たちが教えてくれる。だからこそ濃厚に、切実に、ほんとうに生きていられるのだと、文字のむこうから「同時に何本も浮きあがっ」た複数の声が、誇らしげに語っている。

みな「生きたかった」「生きていてほしかった」、そうして「生きている」。ほんとうの生があるところにほんとうの死がある。けっして不吉なものではない。命をもつ者みなにひとしなみに与えられた大切な契機だ。「義経千本桜」は、現実・架空のちがいをこえて、かつて生きていたものたちと、いま生きているぼくたちを溶けあわせる。みずからだけでなく、誰もの生が希有なのだと、だからそこらじゅうにいのちがほとばしっているのだと、深いところで納得しあう。

ぼくたちは幸運だ。「義経千本桜」が、読まれ、語られ、読め、語れる、そんな世界にほんとうに生きているのだから。

解題

児玉竜一

初演と作者

「義経千本桜」は、延享《えんきょう》四年（一七四七）十一月十六日に大阪道頓堀《どうとんぼり》の人形浄瑠璃《じょうるり》（現在の文楽）の劇場、竹本座で初演された。全五段からなる。

作者は、当時の慣習で合作、初演時の公式テキスト（正本）の末尾には、「竹田出雲《いずも》、三好松洛《しょうらく》、並木千柳《せんりゅう》」の名前が並んでいる。ただし、一座の出演者を告知する番付では、「並木千柳、三好松洛、竹田出雲」と順番が異なる。竹本座を経営する竹田出雲は、この年に初代出雲が亡くなって、竹田小出雲《こいずも》が二代目を継いだばかりだった。三好松洛は、竹本座生え抜きの作者。それに対して並木千柳は、かつて並木宗輔《そうすけ》（宗助）と名乗って、竹本座のライバル豊竹座の首席作者だったが、一時、歌舞伎作者に転じたのち、延享二年（一七四五）から名を千柳と改めて竹本座の作者陣に加わった。のちに再び並木宗輔と名を改めて豊竹座に復帰、「一谷嫩軍記《いちのたにふたばぐんき》」の三段目までを絶筆として宝暦元年（一七五一）に亡くなる。そのため、ここでは「宗輔」で統一する。

並木宗輔が竹本座に加入してから、日本戯曲史上に残る名作が毎年のように初演されてゆく。「夏祭浪花鑑《なつまつりなにわかがみ》」、「菅原伝授手習鑑《てならいかがみ》」、「義経千本桜」、「仮名手本《かなでほん》忠臣蔵」、「双蝶々曲輪日記《ふたつちょうちょうくるわにっき》」、「源平布引滝《げんぺいぬのびきのたき》」。これらは、人形浄瑠璃で現在まで途切れることなく上演が続けられているだけでなく、初演後すぐに歌舞伎でも上演されて、こちらも今日まで演じ続けられている。戯曲として作品が残るだけでなく、語り方、演じ方といった、身体的な伝承が続いているところに日本の演劇史の大きな特徴があるが、ひとまず作品に絞って考えれば、これらの名作を輩出した原動力は、並木宗輔と考えることができるだろう。

この間、並木宗輔は、『平家物語』を題材とする作品を多く手がけている。西行《さいぎょう》法師がトレードマークのように背負っている、風呂敷包みの秘密を明らかにした「軍法富士見西行」。斎藤実盛《さねもり》の最期を、世阿弥の能「実盛」も踏まえながら、なぜ老武者が白髪を墨に染めて若やいだ姿で討ち死にしたのか、その由来を説き明かす「源平布引滝」。豊竹座に戻っての絶筆「一谷嫩軍記」では、無官太夫敦盛《あつもり》の最期を、やはり世阿弥の能「敦盛」を踏まえて、天皇制をめぐる政治劇と推理劇に置き換えて、『平家物語』以来の無常観の中に溶かし込むという達成をみせた。いずれも、正史の陰にかくされた秘密を解き明かすところに眼目がある。

「義経千本桜」は、こうした『平家物語』に題材をとった作品の最高傑作である。

義経と浄瑠璃

「義経千本桜」は、文字通り源義経を軸とした物語である。

「千本桜」という華やかな字面は、義経がのちに身を隠す吉野山で、今日も使われている。全山を包むような桜は、上の千本、中の千本、下の千本と、いずれも開花の最盛期を異にするので、花の季節にはいずれかの満開に出会うことができるとされる。

源義経の生涯は、史実よりも『平治物語』『平家物語』や『義経記』によって増幅された部分が大きい。能や幸若舞《こうわかまい》にも多くの作品が残されているが、人形浄瑠璃は、その濫觴《らんしょう》から義経との縁が深い。

『浄瑠璃姫物語』、あるいは『浄瑠璃御前物語』『十二段草紙』などと呼ばれた作品がある。子に恵まれぬ矢作の長者夫婦が、薬師如来に願を掛けて授かった姫君を、薬師如来のおわす浄瑠璃浄土にちなんで、浄瑠璃姫と名づけた。美しく成長した姫は、御《おん》曹司《ぞうし》と恋におちて契《ちぎ》りを結ぶ。しかし、御曹司は姫のもとを離れて東へ下向、軍勢を伴って再び訪った時には、恋患《こいわずら》いによる姫の訃《ふ》を知らされるという悲恋物語である。この御曹司こそ牛若丸、すなわち源義経その人である。十五世紀終盤には、この作品の大流行によって、こうした物語を口述する語り物それ自体が「浄瑠璃」と呼び慣わされるようになった。

浄瑠璃という語り物に、人形の技が結びつくのは西暦一六〇〇年前後とされている。外来楽器である三味線の導入を経て、多くの語り物流派が、その流祖の名を冠して生まれたが、貞享元年（一六八四）に大阪道頓堀で竹本座を旗揚げした竹本義太夫《ぎだゆう》が、近松門左衛門《もんざえもん》との提携の力もあずかって、十八世紀初頭には浄瑠璃界を制覇するに至った。「義経千本桜」はそれから約半世紀後の作品で、そのころには人形浄瑠璃は、近松没後に開発された「三人遣《づか》い」によって、一体の人形を三人の人形遣いによって操る、世界に類のない人形劇としての発展を遂げていた。三人遣いの普及については諸説あるが、「義経千本桜」初演の年代には、主要な各役は今日と同じように三人で遣われていたとするのが一般的である。

太夫が語る物語を、三味線が彩ることで叙景や内面描写を深め、仕掛けによってリアリティあふれる動きが可能となった人形が立体化する。太夫の語りは、同時進行的に人物に寄り添うかと思えば、突如として神の視点から、事後の目による客観的な描写も交える。この現在と過去の交錯、主観と客観の混淆《こんこう》が、語り物としての義太夫節の魅力を支えている。

三人は生きていた～知盛の場合

義経を軸とした物語ではあるが、本作における義経は、いわば団子の串にあたる存在で、物語の実質を支えるのは三人の平家の武将となっている。すなわち、平家方の軍勢を率いた平知盛《とももり》、平家一門の良心ともいうべき平重盛の嫡子平維盛《これもり》、猛将として名高い平教経《のりつね》である。

この三人は、源平合戦の最終段階までに亡くなったとされるのが、歴史上の公式見解である。知盛と教経は壇ノ浦《だんのうら》で戦没、それより先に戦線を離脱した維盛は、高野山に入ったのち那智《なち》の沖に入水したと伝えられる。「義経千本桜」(作中では平家は「八《や》島《しま》の戦」で滅びたとの設定)は、この三人が実は生き延びていたとするところから物語の幕を開ける(大序)。そして、知盛の物語を二段目、維盛の物語を三段目、教経の物語を四段目と五段目に配して、三段目を除く全段に登場する義経がそれに関わるという構造をなしている。

新中納言知盛は、大物浦《だいもつのうら》(現在の兵庫県尼崎市)の船問屋のあるじ渡《と》海《かい》屋《や》銀平《ぎんぺい》となって身を潜めている。娘お安《やす》は実は安徳天皇、女房お柳《りゅう》は天皇の乳母典侍《うばすけ》の局《つぼね》である。知盛は、義経を討ち取る機会をうかがい、それが成就したのちには頼朝をも屠《ほふ》って、「平家が源氏によって滅ぼされた」という歴史の転覆を図ろうとする。ところが、都落ちした義経一行が出船の手配を銀平に依頼するという、千載一遇《せんざいいちぐう》のチャンスを得て義経一行を襲ったにもかかわらず、銀平の正体を見抜いていた義経勢によって、あの日の敗戦を繰り返すかのように敗退してしまう。なおも執念深く義経に迫る知盛に対して、幼少の天皇が端的な訣別宣言を下す。そこに及んで知盛は、天皇を平家と一体化させるために、姫宮を男と偽って皇位につけた清盛の悪逆を告発して、「平家が源氏によって滅ぼされた」歴史はその報いであったと悟る。知盛は、自分が実は生きていたことさえも葬って、大物浦で義経を襲ったのは知盛の幽霊と後世に伝えるよう義経に託して、渦巻く波に身を投じる。

能「船弁慶」が、まさに知盛の幽霊が義経を襲う物語である。本作二段目は、この能「船弁慶」と要所要所を重ねることで、歴史を転覆しようとした知盛が、歴史によって復讐される姿を描く。SF作家の半村良《はんむらりょう》に、自衛隊が戦国時代にタイムスリップする『戦国自衛隊』という作品がある。戦国武者と戦車やヘリコプターが大会戦を繰り広げる角川映画で知られているが、原作はもう少し緊密な中編で、タイムスリップした主人公たちは、歴史を書き替えるべく最新装備で戦国の世を撃破してゆく。当然、軍備も軍略も同時代には抜きん出た存在で、天下統一目前に迫るが、裏切りによって京都の寺で自害する。炎の中で息を引きとる瞬間に主人公は、自分が歴史上の誰であったかを悟る。歴史を書き替えようとした自分は、歴史を裏書きしていたに過ぎなかった。「義経千本桜」の知盛は、一二百年前にこの構想を生きている。

三人は生きていた～維盛・教経の場合

平維盛は、絵にも描けない美男子として知られたが、富士川の合戦で鳥の羽音を敵襲と勘違いして逃げ帰るなど、武将としての器量には恵まれていない。彼を支えていたのは平重盛《しげもり》という、偉大なる父の存在であった。本作三段目で維盛は、大和下市村《やまとしもいち》の鮓屋《すしや》に下男として匿《かくま》われている。鮓屋のあるじ弥左衛門《やざえもん》は、かつては強盗の一味として、重盛が唐土へ送る祠《し》堂金《どうきん》を分捕《ぶんど》った過去がある。死罪になるべきところ、重盛の情けで助けられた、その恩返しで維盛を匿っているのである（ただし、この鮓屋にはモデルが実在し、御所にも献上する鮒《ふな》の押し寿司で知られた名店だったためクレームが付き、金を奪い取られた警備の責任者と改訂されている）。ところが鎌倉の頼朝の命をうけた梶原景時《かげとき》による探索が迫る。弥左衛門には勘当した放蕩《ほうとう》息子の権太《ごんた》があり、いがみの権太と異名をとる彼は、ここぞ親の赦《ゆる》しを得る好機と改心して、維盛の家臣小金吾《こきんご》の首を身替りとして梶原に渡し、自分の妻子を維盛の御台《みだい》と若君の身替りに立てる。維盛と妻子を渡したと思った弥左衛門は権太を刺す。だが、頼朝とその命を受けた梶原はもともと維盛を助けて、出家させるつもりだったので、権太の命がけの働きはむなしく空回りしてしまう。頼朝が維盛を助けるのも、かつて重盛によって命を助けられた報恩。すなわち、親の因果は子に報い、聖人重盛の子である維盛は命助かり、弥左衛門の悪事は我が子権太の身に報いたわけである。

清盛の悪行の報いで滅ぶ知盛。重盛の徳によって生き延びる維盛。平家一門も、頼朝も、義経も、係累《けいるい》、親、兄弟の、血で血を洗うような戦乱の果てに生きている。ところが、四段目を中心に描かれるのは、佐藤忠信《ただのぶ》に化けた狐の物語である。この狐は、桓武天皇の昔、親狐を雨乞いのために鼓の皮とされ、その鼓を慕い続けること四百年、義経に下賜されて禁中から出た鼓の側に寄り添い続けるために、佐藤忠信に化けていた。親の因果が子に報い、兄弟といえども信じることのできない人間界に比して、最も純粋な親子の情は、人間ではない世界にあったという皮肉である。だが、本物の忠信が義経の前に現れた時、偽の狐忠信は鼓の側を去らなくてはならない。別れを悲しんで、鼓もまた鳴るのをやめる。その親子の様子を逐一見届けた義経は、親子の縁に薄い自らを省みて、あの狐こそ私と同じだとの認識に至って、鼓を狐忠信に与える。義経という名は「義（ぎ）」「経（つね）」とも読みうるのである。大和国に伝わる源《げん》九郎狐《くろうぎつね》の伝説は、かくして義経伝説と一体化して、今日にまで残ることになった。

この狐忠信の助力を得て、本物の佐藤忠信が、兄次信《つぎのぶ》の敵である能登守教経を討つことで、教経の物語に接続する。教経は、吉野山の衆徒横川覚範《よかわのかくはん》となって身を潜めていた。覚範こそ教経であると見抜いた義経を、教経が追いかけた先に「只母君《ただははぎみ》が恋しいぞ」と泣き叫ぶ安徳天皇がかくまわれている。その嘆きは、いわば安徳天皇の人間宣言である。

「義経千本桜」は、天皇から畜類に至るまでを親子関係という大きなモチーフで貫きつつ、歴史の裏表、伝説の虚実を取り混ぜながら、「千本桜」という華麗なイメージにくるみ込んだ、日本戯曲史の華ともいうべき作品である。

（こだま・りゅういち／早稲田大学教授　歌舞伎研究・批評）

本書は、二〇一六年十月に小社から刊行された『能・狂言／説経節／曾根崎心中／女殺油地獄／菅原伝授手習鑑／義経千本桜／仮名手本忠臣蔵』（池澤夏樹＝個人編集　日本文学全集10）より、「義経千本桜」を収録しました。文庫化にあたり、「文庫版あとがき」「解題」を加えました。

義経千本桜《よしつねせんぼんざくら》

二〇二四年 六 月一〇日 初版印刷
二〇二四年 六 月二〇日 初版発行

訳 者 いしいしんじ
発行者 小野寺優
発行所 株式会社河出書房新社
〒一六二-八五四四
東京都新宿区東五軒町二-一三
電話〇三-三四〇四-八六一一（編集）
〇三-三四〇四-一二〇一（営業）
https://www.kawade.co.jp/

ロゴ・表紙デザイン 粟津潔
本文フォーマット 佐々木暁
本文組版 KAWADE DTP WORKS
印刷・製本 中央精版印刷株式会社

Printed in Japan ISBN978-4-309-42115-5

河出文庫 古典新訳コレクション

古事記　池澤夏樹［訳］
百人一首　小池昌代［訳］
竹取物語　森見登美彦［訳］
伊勢物語　川上弘美［訳］
源氏物語1〜8　角田光代［訳］
堤中納言物語　中島京子［訳］
土左日記　堀江敏幸［訳］
枕草子上・下　酒井順子［訳］
更級日記　江國香織［訳］
平家物語1〜4　古川日出男［訳］
日本霊異記・発心集　伊藤比呂美［訳］
宇治拾遺物語　町田康［訳］
方丈記・徒然草　高橋源一郎・内田樹［訳］
能・狂言　岡田利規［訳］
好色一代男　島田雅彦［訳］
雨月物語　円城塔［訳］
通言総籬　いとうせいこう［訳］
春色梅児誉美　島本理生［訳］
曾根崎心中　いとうせいこう［訳］
女殺油地獄　桜庭一樹［訳］
菅原伝授手習鑑　三浦しをん［訳］
義経千本桜　いしいしんじ［訳］
仮名手本忠臣蔵　松井今朝子［訳］
松尾芭蕉 おくのほそ道　松浦寿輝［選・訳］
与謝蕪村　辻原登［選］
小林一茶　長谷川櫂
近現代詩　池澤夏樹［選］
近現代短歌　穂村弘［選］
近現代俳句　小澤實［選］

＊以後続巻
＊内容は変更する場合もあります

源氏物語　1

角田光代〔訳〕　41997-8

日本文学最大の傑作を、小説としての魅力を余すことなく現代に甦えらせた角田源氏。輝く皇子として誕生した光源氏が、数多くの恋と波瀾に満ちた運命に動かされてゆく。「桐壺」から「末摘花」までを収録。

源氏物語　2

角田光代〔訳〕　42012-7

小説として鮮やかに甦った、角田源氏。藤壺は光源氏との不義の子を出産し、正妻・葵の上は六条御息所の生霊で命を落とす。朧月夜との情事、紫の上との契り……。「紅葉賀」から「明石」までを収録。

源氏物語　3

角田光代〔訳〕　42067-7

須磨・明石から京に戻った光源氏は勢力を取り戻し、栄華の頂点へ上ってゆく。藤壺の宮との不義の子が冷泉帝となり、明石の女君が女の子を出産し、上洛。六条院が落成する。「澪標」から「玉鬘」までを収録。

源氏物語　4

角田光代〔訳〕　42082-0

揺るぎない地位を築いた光源氏は、夕顔の忘れ形見である玉鬘を引き取ったものの、美しい玉鬘への恋慕を諦めきれずにいた。しかし思いも寄らない結末を迎えることになる。「初音」から「藤裏葉」までを収録。

源氏物語　5

角田光代〔訳〕　42098-1

栄華を極める光源氏への女三の宮の降嫁から運命が急変する。柏木と女三の宮の密通を知った光源氏は因果応報に慄く。すれ違う男女の思い、苦悩、悲しみ。「若菜（上）」から「鈴虫」までを収録。

源氏物語　6

角田光代〔訳〕　42114-8

紫の上の死後、悲しみに暮れる光源氏。やがて源氏の物語は終焉へと向かう。光源氏亡きあと宇治を舞台に、源氏ゆかりの薫と匂宮は宇治の姫君たちとの恋を競い合う。「夕霧」から「椎本」までを収録。

平家物語　1

古川日出男〔訳〕　41998-5

混迷を深める政治、相次ぐ災害、そして戦争へ——。栄華を極める平清盛を中心に展開する諸行無常のエンターテインメント巨篇を、圧倒的な語りで完全新訳。文庫オリジナル「後白河抄」収録。

平家物語　2

古川日出男〔訳〕　42018-9

さらなる権勢を誇る平家一門だが、ついに合戦の火蓋が切られる。源平の強者や悪僧たちが入り乱れる橋合戦を皮切りに、福原遷都、富士川の遁走、奈良炎上、清盛入道の死去……。そして、木曾に義仲が立つ。

平家物語　3

古川日出男〔訳〕　42068-4

平家は都を落ち果て西へさすらい、京には源氏の白旗が満ちる。しかし木曾義仲もまた義経に追われ、最期を迎える。宇治川先陣、ひよどり越え……盛者必衰の物語はいよいよ佳境を迎える。

平家物語　4

古川日出男〔訳〕　42074-5

破竹の勢いで平家を追う義経。屋島を落とし、壇の浦の海上を赤く染める。那須与一の扇の的で最後の合戦が始まる。安徳天皇と三種の神器の行方やいかに。屈指の名作の大団円。

古事記

池澤夏樹〔訳〕　41996-1

世界の創成と、神々の誕生から国の形ができるまでを描いた最初の日本文学、古事記。神話、歌謡と系譜からなるこの作品を、斬新な訳と画期的な註釈で読ませる工夫をし、大好評の池澤古事記、ついに文庫化。

伊勢物語

川上弘美〔訳〕　41999-2

和歌の名手として名高い在原業平（と思われる「男」）を主人公に、恋と友情、別離、人生が描かれる名作『伊勢物語』。作家・川上弘美による新訳で、125段の恋物語が現代に蘇る！

好色一代男

島田雅彦〔訳〕 42014-1

生涯で戯れた女性は三七四二人、男性は七二五人。伝説の色好み・世之介の一生を描いた、井原西鶴「好色一代男」。破天荒な男たちの物語が、島田雅彦の現代語訳によってよみがえる！

更級日記

江國香織〔訳〕 42019-6

菅原孝標女の名作「更級日記」が江國香織の軽やかな訳で甦る！東国・上総で源氏物語に憧れて育った少女が上京し、宮仕えと結婚を経て晩年は寂寥感の中、仏教に帰依してゆく。読み継がれる傑作日記文学。

仮名手本忠臣蔵

松井今朝子〔訳〕 42069-1

赤穂浪士ドラマの原点であり、大星由良之助（＝大石内蔵助）の忠義やお軽勘平の悲恋などでおなじみの浄瑠璃、忠臣蔵。文楽や歌舞伎で上演され続けている名作を松井今朝子の全訳で贈る、決定版現代語訳。

現代語訳 古事記

福永武彦〔訳〕 40699-2

日本人なら誰もが知っている古典中の古典「古事記」を、実際に読んだ読者は少ない。名訳としても名高く、もっとも分かりやすい現代語訳として親しまれてきた名著をさらに読みやすい形で文庫化した決定版。

現代語訳 日本書紀

福永武彦〔訳〕 40764-7

日本人なら誰もが知っている「古事記」と「日本書紀」。好評の『古事記』に続いて待望の文庫化。最も分かりやすい現代語訳として親しまれてきた福永武彦訳の名著。『古事記』と比較しながら読む楽しみ。

現代語訳 竹取物語

川端康成〔訳〕 41261-0

光る竹から生まれた美しきかぐや姫をめぐり、五人のやんごとない貴公子たちが恋の駆け引きを繰り広げる。日本最古の物語をノーベル賞作家による美しい現代語訳で。川端自身による解説も併録。

現代語訳 義経記

高木卓〔訳〕 40727-2

源義経の生涯を描いた室町時代の軍記物語を、独文学者にして芥川賞を辞退した作家・高木卓の名訳で読む。武人の義経ではなく、落武者として平泉で落命する判官説話が軸になった特異な作品。

現代語訳 徒然草

吉田兼好　佐藤春夫〔訳〕 40712-8

世間や日常生活を鮮やかに、明快に解く感覚を、名訳で読む文庫。合理的・論理的でありながら皮肉やユーモアに満ちあふれていて、極めて現代的な生活感覚と美的感覚を持つ精神的な糧となる代表的な名随筆。

現代語訳 歎異抄

親鸞　野間宏〔訳〕 40808-8

悩める者や罪深き者を救う念仏とは何か、他力本願の根本思想とは何か。浄土真宗の開祖である親鸞の著名な法話「歎異抄」と、手紙をまとめた「末燈鈔」を併録。野間宏の名訳で読む分かりやすい現代語の名著。

桃尻語訳　枕草子　上

橋本治 40531-5

むずかしいといわれている古典を、古くさい衣を脱がせて、現代の若者言葉で表現した驚異の名訳ベストセラー。全部わかるこの感動！　詳細目次と全巻の用語索引をつけて、学校のサブテキストにも最適。

桃尻語訳　枕草子　中

橋本治 40532-2

驚異の名訳ベストセラー、その中巻は——第八十三段「カッコいいもの。本場の錦。飾り太刀。」から第百八十六段「宮仕え女（キャリアウーマン）のとこに来たりなんかする男が、そこでさ……」まで。

桃尻語訳　枕草子　下

橋本治 40533-9

驚異の名訳ベストセラー、その下巻は——第百八十七段「風は——」から第二九八段「『本当なの？　もうすぐ都から下るの？』って言った男に対して」まで。「本編あとがき」「別ヴァージョン」併録。